KB238713

반딧불
강

DORO NO KAWA / HOTARU-GAWA
by MIYAMOTO Teru

Copyright ⓒ 1977/78 by MIYAMOTO Teru
Originally published in Japan.
Korean translation rights arranged with
MIYAMOTO Teru, Japan
through THE SAKAI AGENCY and EYA(ERIC YANG AGENCY).
All rights reserved.

Korean translation rights ⓒ 2006 by Munhakdongne Publishing Corp.

이 도서의 국립중앙도서관 출판예정도서목록(CIP)은
서지정보유통지원시스템 홈페이지(http://seoji.nl.go.kr)와
국가자료공동목록시스템(http://www.nl.go.kr/kolisnet)에서 이용하실 수 있습니다.
(CIP제어번호 : CIP2006000687)

반딧불
강

미야모토 테루 지음 — 허호 옮김

문학동네

차례

흙탕물 강 7

반딧불 강 103

옮긴이의 말 209

흙탕물 강

도지마 강과 도사보리 강이 합쳐져서 아지 강이라는 이름
으로 오사카 만 한쪽으로 흘러든다. 두 강이 합류하는 지점
에 세 개의 다리가 놓여 있다. 쇼와 교, 하타테쿠라 교, 그리
고 후나쓰 교이다.

　　지푸라기며 널빤지며 썩은 과일 등을 싣고 유유히 흘러가
는 이 혼탁한 강을 내려다보며 낡은 전차가 천천히 건너간다.

　　아지 강이라고 불리기는 하지만 선박회사의 창고와 수많
은 화물선이 연안 양쪽에 가득한 모습은 이미 바다의 영역이
라 할 수 있다. 그러나 반대편 도지마 강이나 도사보리 강으
로 눈길을 옮기면 그곳에 늘어선 작은 집들이 훨씬 상류의
요도바시와 기타하마 등의 빌딩가와 일직선으로 이어져 있

는 모습을 볼 수 있다.

강가의 주민들은 자신들이 바닷가에 살고 있다는 생각을 하지 않는다. 실제로 강과 다리에 둘러싸여 전차의 굉음과 삼륜차의 요란한 엔진 소리에 시달리고 있노라면 그 주위에서 바다의 풍취를 느끼기는 어려웠다. 그러나 밀물 때 역류해온 바닷물로 수면이 높아진 강물이 강가에 있는 집들의 처마 밑에서 넘실거리면서 가끔 바다 냄새를 풍기기라도 하면, 사람들은 가까이에 바다가 있다는 사실을 새삼 깨닫게 된다.

강에는 커다란 목선을 예인하는 통통배가 하루 종일 왕래하고 있다. 센진마루*니 라이오마루**니 하며 이름은 어마어마하지만 사실은 종이배처럼 허술한 선체를 두꺼운 페인트칠로 교묘하게 위장한 통통배는 선원들의 어려운 생활을 잘 대변하고 있다. 그들은 비좁은 선실에 하반신을 감춘 채 의연한 눈초리로 다리 위의 낚시꾼들을 노려본다. 그러면 낚시꾼들은 당황해서 낚싯줄을 걷어올려 다리 아래로 자리를 옮기는 것이었다.

여름에는 대부분의 낚시꾼들이 쇼와 교로 몰려들었다. 쇼

---

* '강의 신'이라는 뜻.
** '벼락 왕'이라는 뜻.

와 교에는 커다란 아치 모양의 난간이 설치되어 있어서 다리 위에 적당한 그늘을 드리우기 때문이었다. 맑게 갠 무더운 날이면 낚시꾼이며, 지나가던 길에 낚싯대 끝을 들여다보다가 언제까지고 떠나지 않는 사람들이며, 또한 수면 위에 공허하게 서린 금빛 아지랑이를 뚫고 통통배가 기침이라도 하듯이 나아가는 모습을 멍하니 바라보는 사람들이 소란스러운 쇼와 교 한쪽의 짙은 그늘 속에 서 있었다. 그 쇼와 교에서 보아 도사보리 강 건너편 하타테쿠라 교 곁에 야나기* 식당이 있다.

"이 아저씨가 다음 달에 트럭을 살 거니까 저 말은 네게 줄까?"

"정말이야? 정말로 나한테 줄 거야?"

가게 입구로 들어오는 여름 햇살이 사내의 뒤에서 둥그런 원을 그리고 있었다. 사내는 오후가 되면 말이 끄는 짐수레를 몰고 하타테쿠라 교를 건너온다. 언제나 야나기 식당에서 도시락을 먹은 뒤 빙수를 주문하여 먹고 가는 것이었다. 말은 가게 앞에서 온순하게 기다리고 있었다.

---

* 버드나무라는 뜻.

노부오는 긴쓰바*를 굽고 있는 아빠 곁으로 가서 자랑했다.

"저 말, 나한테 준대."

엄마인 사다코가 빙수에 꿀을 얹으며 나무라듯 노려보았다.

"우리 가족은 농담이 통하질 않는다니까……"

말이 모처럼 울었다.

1955년, 오사카 시내에는 자동차 수가 급속히 늘고 있었지만 아직은 이렇게 마차를 끄는 사내들의 모습도 남아 있었다.

"개에 고양이, 집 안에는 병아리가 세 마리야. 노부오보다도 아빠가 더 열성이라니깐…… 게다가 말이라니, 지금도 정말 길러도 좋겠다고 생각하고 있을걸."

사내는 큰 소리로 웃고 있다.

"농담이 통하지 않는 건 엄마 쪽이지. 그렇지 않니, 노부오?"

주인인 신페이가 그렇게 말하며 노부오의 손에 긴쓰바를 쥐여줬다. 또 긴쓰반가 하는 생각에 노부오는 아버지를 흘겨보았다.

---

* 쌀로 만든 전병의 일종.

"긴쓰바만 주면 뭘 해. 빙수를 줘."

"싫으면 먹지 마. 빙수도 안 줄 테니까."

노부오는 황급히 입 안 가득히 쑤셔넣었다. 여름에 긴쓰바를 구워봤자 팔릴 리가 있나— 언젠가 엄마가 한 말을 마음속으로 외쳐본다.

"여긴 네놈의 변소가 아니라니까!"

사다코가 얼굴을 찡그리며 밖으로 나갔다. 말은 습관이 된 듯 언제나 가게 앞에 똥을 쌌다.

"번번이 죄송합니다."

무척 미안하다는 듯 큰 소리로 사과한 사내는 노부오를 손짓해 불렀다.

"내 걸 절반 줄 테니까 숟가락 갖고 와라."

한 그릇의 빙수를 노부오와 사내는 마주 보고 앉아서 먹었다. 노부오는 사내의 얼굴에 있는 화상 흉터를 힐끗 보았다. 왼쪽 귀가 녹아버린 듯한 모습으로 찢어져 있었다. 노부오는 '아저씨 귀는 어쩌다가 그렇게 됐어요?' 하고 물어보고 싶지만 말을 꺼내려 하면 언제나 몸이 뜨겁게 달아올랐다.

"전쟁이 끝나고도 십 년이나 지난 오사카에서 아직껏 마차를 굴려서야 수입이 뻔하잖아요."

"트럭을 산다는 게 정말인가?"

신페이가 사내 곁에 앉으며 물었다.

"중고입니다. 새 차를 살 형편은 안 되구요."

"중고라도 트럭은 트럭이지. 정말 대단해. 자넨 정말로 열심이라니까. 이제부터 정말로 기대가 되는군."

"열심인 건 저 말이죠. 싫다는 기색 한 번 않고 정말로 열심히 일해줬어요."

신페이는 맥주병 마개를 따서 사내 앞에 놓았다.

"이건 내가 사는 거야. 미리 축배를 한잔 들고 가게나."

이거 정말 송구스럽습니다, 하며 사내는 기쁜 듯이 맥주를 마셨다.

"트럭으로 장사를 하더라도 여기 야나기 식당에는 가끔 들르게나. 내가 여기에 가게를 차렸을 때 첫 손님이 자네였잖나."

"그래요, 이 주변이 온통 폐허이던 시절이었죠."

딸기빛의 냉기가 지끈지끈 머릿속으로 파고든다. 노부오는 숟가락을 입에 문 채 자기도 모르게 몸을 뒤틀었다. 허겁지겁 먹으니까 그렇지, 하며 신페이는 노부오의 입가를 닦아주었다.

14

"노부오가 아직 뱃속에 있을 때였죠." 사내는 가게 앞을 청소하고 있는 사다코를 바라보며 말했다. "그러고 보니 정말 오래되었군요, 아주머니와도……"

사다코는 말을 어르면서 물이 담긴 양동이를 내밀었다. 말이 물을 마시는 소리와 멀리서 들려오는 통통배 소리가 무더운 가게 안에서 뒤섞였다.

한 번 죽었던 몸이니까요, 하고 사내는 말했다.

"정말 한 번 죽었었죠. 그 당시의 일은 아직도 생생히 기억하고 있어요. 캄캄한 곳으로 마구 가라앉더라구요. 뭔가 나비같이 생긴 게 눈앞에서 오락가락하길래 다급히 그걸 붙잡는 바람에 되살아났죠. 적어도 오 분가량은 숨도 맥박도 멎었을 겁니다…… 나를 안고 있었던 상관이 그렇게 말했으니까요. 죽으면 모든 게 끝장이라지만 그건 절대로 거짓말입니다."

"정말 전쟁은 질색이야."

"하지만 머지않아 어느 멍청이가 심심풀이 삼아서 다시 시작할 겁니다."

우타지마 교까지 가는 도중이라며 사내는 일어섰다. 뭔가 즐거운 일이 있는 모양이었다.

"오늘은 무거운 짐까지 싣고 있는데 후나쓰 교 언덕을 제대로 오를 수 있을지……"

더운 날이었다. 전차 선로가 파도치고 있었다.

"노부오, 몇 살이지?"

말의 부드러운 눈빛을 들여다보며 노부오는 가슴을 폈다.

"여덟 살. 이학년이에요."

"그래? 우리 애는 아직 다섯 살인데."

노부오는 가게 입구의 문짝에 등을 기댄 채 사내와 말을 배웅했다.

"아저씨!"

사내가 뒤돌아본다. 그냥 무심코 불러본 것이다. 갑자기 쑥스러워진 노부오는 의미 없는 미소를 사내에게 보냈다. 사내도 웃더니 그대로 말고삐를 당겨 걷기 시작했다. 살찐 금파리가 빛을 반사하며 그 뒤를 쫓았다.

말은 후나쓰 교 언덕을 오르지 못했다. 몇 차례나 시도해봤지만 마지막 순간에 힘이 달리는 것이었다. 말도 사내도 점차 지치면서 초조감이 더해지는 모습이었다. 자동차도 전차도 행인도 모두들 제자리에 멈춰 선 채 사내와 말을 지켜보고 있었다.

"영차!"

사내의 고함에 맞춰서 말은 혼신의 힘을 다 냈다. 갈색 몸뚱어리에 기괴하게 솟은 알통이 아지랑이 속에서 격렬하게 떨렸다. 엄청난 양의 땀이 배 위로 흘러서 길바닥에 뚝뚝 떨어졌다.

"두 차례에 나눠서 건너는 게 어때?"

신페이의 목소리에 뒤돌아본 사내는 크게 손을 흔들고는 수레 뒤로 돌아갔다. 그리고 수레를 밀면서 말과 함께 언덕을 뛰어올라갔다.

"영차!"

녹아서 끈적거리는 아스팔트 위로 말발굽이 미끄러졌다. 노부오의 머리 위에서 사다코가 비명을 질렀다.

갑자기 후진해온 말과 수레에 밀려 쓰러진 사내는 쇠붙이를 가득 실은 수레 밑에 깔렸다. 뒷바퀴가 배를, 앞바퀴가 출렁거리며 가슴과 목을 치었다. 게다가 버둥거리며 뒷걸음질치는 말의 발굽이 사내의 전신을 마구 짓밟았다.

"노부오, 오면 안 돼!"

쓰러져 있는 사내를 향해서 달려간 신페이는 터벅터벅 돌아오더니 전화로 구급차를 불렀다.

"죽지 않았죠? 네? 괜찮죠?"

사다코는 울음 섞인 목소리로 그렇게 중얼거리며 가게 앞에 주저앉았다. 신페이는 주방 구석에 둘둘 말아 세워두었던 돗자리를 들고 다시 밖으로 나갔다.

"노부오, 안으로 들어가!"

사다코가 말했지만 노부오는 움직이지 않았다.

신페이가 사내 위에 멍석을 덮었다. 나들이용 꽃돗자리였다. 노부오는 햇볕 아래에 쪼그리고 앉아서 뜨거운 아스팔트 도로 위에 피어 있는 선명한 색상의 창포와, 그 아래로 흘러내린 피가 후나쓰 교 옆으로 구불구불 기어가는 모습을 바라보고 있었다. 이윽고 그것도 구경꾼들로 인해 가려져버렸다.

"불쌍해라, 목이 마를 텐데. 노부오, 이 물을 먹여줘라."

신페이가 양동이에 물을 길어왔다. 노부오는 양동이를 양손으로 잡고는 길을 가로질러 말의 곁으로 다가갔다. 말의 입가에 고민 갈탕 같은 침이 거친 호흡과 더불어 노부오의 얼굴로 마구 튀었다.

말은 물을 마시려 하지 않았다. 핏발이 선 눈으로 노부오와 양동이를 번갈아 바라보고는 다시 꽃돗자리 아래에 죽어 있는 주인에게 시선을 돌리더니 잠자코 작열하는 햇살을 견디고 있었다.

"물을 안 마셔!"

노부오는 아빠 곁으로 달려와 그렇게 외쳤다. 신페이는 연거푸 이마의 땀을 닦으며 말했다.

"자기가 죽였다고 생각하는 거겠지."

"저 말은 죽을 거야! 아빠, 저 말은 죽을 거야!"

노부오의 몸에 갑자기 소름이 돋았다. 노부오는 아빠의 무릎을 부둥켜안고 울었다.

"어쩔 수 없지. 아빠도 너도 아무런 방도가 없어."

이윽고 말은 수레에서 분리되어 어디론가 끌려갔지만 수레는 그후도 며칠 동안이나 다리 옆에 방치되어 있었다.

비를 맞고 있는 수레 곁에 우산도 쓰지 않고 우뚝 서 있는 아이가 있었다. 수레에는 거적이 덮여 있었지만 그 거적 밑에는 여전히 쇠붙이 더미가 실려 있었다.

태풍이 접근하고 있었다.

민가들은 창문을 모두 널빤지로 막은 채 조용히 숨을 죽이고 있었다. 가느다란 빗줄기와 함께 지푸라기 뭉치며 부서진

나무상자의 잔해 따위가 노면을 달려간다.

노부오는 이층 빈지문을 살짝 열고 소년의 뒷모습을 바라보았다. 그런 식으로 다른 사람의 모습을 훔쳐본 것은 노부오로서는 처음 있는 일이었다. 마구 휘날리는 버드나무 가지가 사람도 자동차도 끊긴 잿빛 도로에 홀로 서 있는 소년을 당장이라도 휘감아버릴 듯이 보였다.

노부오는 부모가 눈치채지 못하도록 아래층으로 내려가 몰래 밖으로 나가 소년에게 다가갔다. 비에 젖는 것도 바람에 흔들리는 것도 아랑곳없이 무작정 이끌리듯 걸어갔다.

소년의 두세 걸음 뒤에 멈춰선 채 잠시 동안 함께 묵묵히 서 있던 노부오는 자신도 놀랄 정도로 날카로운 목소리를 냈다.

"뭐 하는 거야?"

소년은 깜짝 놀라서 물방울이 뚝뚝 떨어지는 얼굴로 노부오를 돌아다보았다. 그러고는 싱긋 웃으며 말했다.

"이 쇠붙이, 비싸게 팔 수 있을 거야."

소년이 쇠붙이를 훔치려 한다는 사실을 알아차린 노부오는 고압적으로 외쳤다.

"안 돼! 이건 임자가 있는 물건이야, 훔치면 안 돼!"

쇠붙이는 죽은 사내의 소중한 장사 밑천이었던 것이다.

"그건 알고 있어. ……훔치려는 게 아냐."

그렇게 말하며 소년은 다시 한번 애교를 부리듯이 웃었다. 노부오는 그래도 안심할 수 없다는 듯이 소년을 감시했다.

멀리서 화물선 기적이 울리더니 갑자기 빗줄기가 굵어졌다. 쏟아지는 빗속에서 노부오는 힐끗 소년의 얼굴을 엿보았다. 애교가 있는, 묘하게 사람을 끌어들이는 동그란 눈이었다. 두꺼운 입술이 살짝 열리면서 그 틈으로 희고 작은 이빨이 보였다.

"이 쇠붙이, 마차 아저씨 거지?"

"……응."

고개를 끄덕인 노부오는 소년이 그 사실을 어떻게 알고 있을까 하고 생각했다.

"그 아저씨, 얼마 전에 여기에서 죽었어."

노부오는 눈을 흘기며 그렇게 중얼거렸다. 어찌 해야 좋을지 모를 때 노부오는 항상 그런 식으로 공백을 메우는 것이었다.

"그 아저씨, 가끔 우리집에 왔었어."

소년은 내뱉듯이 말하고는 노부오의 얼굴을 가만히 쳐다보았다. 두 소년은 잠시 동안 아무 말 없이 서로 노려보고 있었다.

"우리집, 저기야."

갑자기 소년은 도사보리 강 저편을 손으로 가리켰지만 빗속에 가려진 풍경 속에는 작은 다리의 난간만이 어렴풋이 솟아 있을 뿐이었다.

"어디? 잘 안 보여."

소년은 전차 선로를 가로질러 하타테쿠라 교 한복판까지 달려갔다. 노부오도 뒤를 쫓았다.

"저기야. 저 다리 밑에…… 저기, 저 배야."

자세히 보니 미나토 교 밑에 정말로 한 척의 배가 묶여 있었다. 하지만 노부오의 눈에는 그것이 다리 기둥에 얽혀 있는 쓰레기 더미처럼 보였다.

"저 배야."

"……그래? 배에서 살고 있니?"

"응, 훨씬 위쪽에 있었는데 어저께 저기로 이사 왔어."

소년이 난간에 기대어 손으로 턱을 괴었기에 노부오도 그것을 흉내내어 나란히 섰다. 키는 노부오가 약간 더 컸다.

"춥지 않아?"

소년이 물었다.

"응, 안 추워……"

둘 다 흠뻑 젖어 있었다. 비는 옆으로 세게 내리치는가 싶더니 점차로 약해졌다가 다시 갑자기 거세지기를 언제까지고 되풀이했다.

그때 주택가 바로 밑까지 밀려온 흙탕물을 멍하니 내려다보고 있던 소년이 "앗!" 하는 비명을 지르며 노부오의 어깨를 잡았다.

"귀신이야!"

"뭐, 뭐라구? 귀신이라니?"

노부오도 소년의 시선을 좇아 어두컴컴한 강을 들여다보았다.

"귀신잉어야! 저기 봐! 저기야, 커다란 잉어가 헤엄치고 있잖아!"

쏟아지는 빗물이 흙빛 수면에 무수한 파문을 만들고 있었다. 짙은 남색 물이 그 속에서 줄무늬를 그리며 소용돌이치고 있다. 쓰레기 더미가 다리 기둥에 부딪혀 빙글빙글 돌고 있었다. 노부오는 뚝뚝 떨어지는 물방울을 손바닥으로 훔치며 필사적으로 수면을 살폈다.

"와아!"

그리고 외쳤다. 짙은 회색의 거대한 잉어가 마치 비를 맞으려고 솟아오른 것처럼 수면에서 천천히 원을 그리고 있었던 것이다.

"난 이렇게 엄청난 잉어는 처음 봐."

실제로 잉어는 노부오의 키만큼이나 컸다. 비늘 하나 하나의 테두리가 분홍색을 띠는 것이, 마치 둥글게 살찐 몸 속에서 뭔가 요사스러운 빛을 발하고 있는 느낌을 주었다.

"난 요번이 세번째야. 전에 살던 곳에서 두 번 봤어."

소년은 그렇게 말하고는 노부오의 귓가에 입을 가까이 했다.

"아무에게도 말하면 안 돼."

"뭘?"

"이 잉어를 봤다는 걸 말이야."

어째서 입 밖에 내면 안 되는지 모르지만 노부오는 입술을 꽉 깨문 채 고개를 크게 끄덕여 보였다. 정체 모를 소년과의 사이에 비밀을 하나 공유하게 된 것이 노부오의 가슴을 두근거리게 만든 것이다. 잉어는 이윽고 몸을 돌려 도사보리 강의 급류 속으로 잠수해버렸다.

노부오는 자기 집을 손으로 가리켰다.

"우리집, 저기 우동가게야."

"그래? 우동가게로구나……"

소년은 뭔가 더 얘기를 하고 싶은 듯이 보였지만, 휙 몸을 돌리더니 뒤도 돌아보지 않고 달려서 하타테쿠라 교를 건너 쇼와 교의 아치형 난간 속으로 사라졌다. 그 소년과 교대라도 하듯이 바람에 날려온 한 장의 커다란 널빤지가 자신을 향해서 휙휙 소리를 내며 날아오는 것을 보고 노부오는 당황해서 집으로 도망쳤다.

그날 밤 노부오는 심하게 열이 났다.

"이렇게 비가 쏟아지는데 밖에는 뭐 하러 나갔니?"

사다코가 집요하게 추궁했지만 노부오는 잠자코 있었다. 격렬해진 비와 바람 소리에 귀를 기울이고 있노라니 엄마의 체취가 열기로 들뜬 그의 몸을 아늑하게 감싸주는 듯이 느껴졌다. 노부오는 눈을 감았다. 잉어의 등에 올라탄 소년이 흙탕물 강을 거슬러올라간다.

"움직이지 말고 가만히 있어. 땀을 많이 내서 열을 내보내야 하니까."

신페이가 웃으면서 노부오의 몸을 이불로 감았다. 아빠에게라면 귀신잉어 얘기를 해도 괜찮을까?

"엄청나게 큰 잉어가 말이야……"

정전으로 주변 일대의 전등이 꺼졌다. 촛불을 켤 때까지의 짧은 시간 동안 빨려들어갈 듯한 어둠 속에서 노부오는 문득 죽은 마차 사내를 떠올렸다. 소년은 손을 더듬어 아빠를 찾았다. 신페이가 켠 성냥불이 어둠 속에서 나비처럼 하늘거렸다.

"커다란 잉어가 어쨌다는 거야?"

아빠의 그림자가 천장에서 흔들리고 있다.

"……나, 커다란 잉어를 낚아보고 싶어."

"알았어, 요번에 아빠가 낚아올게."

"어디서?"

"중앙시장에서."

노부오와 신페이는 큭큭 웃으면서 이불 위를 뒹굴었다.

잠시 후 아빠와 엄마가 잠든 것을 확인하자 노부오는 살며시 일어나 강을 향한 계단의, 유일하게 판자로 막아놓지 않은 작은 유리창을 통해서 소년의 집을 찾아보았다.

강 건너 집들의 촛불 빛이 휘몰아치는 빗발 속에 아련히 늘어서 있었다. 노부오는 미나토 교 부근의 수면 가까이에 도깨비불처럼 힘없이 아래위로 흔들리고 있는 노란 불빛을 발견했다.

아아, 저것이 그 소년의 집이로구나 하는 생각에 노부오
는 유리창에 얼굴을 대고 넋을 잃은 듯이 바라보았다.

희미한 새벽 빛 속으로 물안개가 피어올랐다. 조각구름이
하늘에 떠간다. 톱과 망치 소리가 강변 여기저기서 들리고,
그와 더불어 아이들의 환성도 들려왔다.

태풍이 지나간 뒤의 강에는 다다미며 창틀이며 심지어는
액자 속의 유화나 목제 장식품 등과 같은 뜻하지 않은 표류
물이 떠내려온다. 근처의 아이들은 긴 장대나 그물을 손에
들고 강변으로 모여 그럴싸한 물건을 건져서 햇빛에 말리는
것이다. 그것이 태풍 뒤의 즐거움이기도 했다. 그리고 이런
날에는 붕어와 잉어 무리가 연일 수면 위로 떠올라 지친 몸
을 느긋하게 쉬게 하고 있었다.

"이제 일어나도 돼?"

노부오는 몇 번이나 엄마에게 물었다.

"무슨 소리야? 오늘 하루는 누워 있어야지. 툭하면 열이
나는 약골 주제에."

아이들 소리가 소란해졌다. 저마다 뭔가 소리치고 있다.

내다보니 도요타라는 집의 쌍둥이 형제가 작은 배를 타고 강을 휘저어 나가고 있었다. 중학생인 두 형제는 작은 배 한 척을 갖고 있었다. 배가 있으면 다리 밑이나 강물의 분기점에 모인 물고기들을 마음껏 잡을 수 있다. 부러워하는 아이들을 비웃기라도 하듯이 그 형제는 학교가 파하면 언제나 배를 타고 나섰다. 노부오와 아이들은 두 형제를 미워하면서도 다정한 미소를 잊지 않았다. 배를 얻어타고 싶은 것은 물론이고, 그들이 집 뒷마당을 파서 만들었다는 커다란 연못을 보고 싶기 때문이었다. 너희들이 본 적도 없는 커다란 잉어가 있어, 하고 양팔을 벌려 보이는 형제의 얼굴을, 노부오는 몇 번이나 흘겨보았던가!

오늘도 표류물 중에서 특히 값이 나가는 물건만 골라서 주워올리는 형제의 모습을 좇으며 노부오는 일종의 승리감에 젖어 있었다. 아무리 두 형제가 뽐내더라도 그 귀신잉어를 이기지는 못할 테니까. 눈을 가늘게 뜨고 양미간을 찌푸리며 강 건너를 살폈다. 아침 햇살이 수면에서 반사되고 있었다. 그 구석의 어두운 그늘 속에 배집이 있다. 그늘은 창고와 민가와 전신주의 윤곽을 생생하게 그리며 배를 실은 채 흔들리고 있었다.

사다코가 노부오의 시선을 잽싸게 눈치챘다.

"이상한 배가 이사를 왔네……"

신페이도 창가에 걸터앉아 창문의 판자를 떼어내면서 말했다.

"풍류 있는 야카타부네*로군."

"전기와 수도는 어떻게 하고 있는 걸까?"

"글쎄, 어떻게 하고 있을까?"

점심 무렵 가게가 분주해지자 부모 몰래 자리에서 일어난 노부오는 뒷문으로 살짝 빠져나가 배집이 있는 곳까지 걸어갔다.

여기저기 흩어져 있는 간판과 목덜미에 달라붙는 눈부신 햇살이 태풍의 기억을 전해주었다. 끊어진 전선이 쇼와 교의 난간 중앙에 매달려 있었다. 배선 수리공 몇 명이 그 주변에서 열심히 일하고 있었다.

미나토 교 옆에서 아래쪽으로 가느다란 길이 나 있다. 예전에는 없던 길로, 배에 사는 소년의 가족이 만든 것임에 틀림없었다. 전차와 자동차 소음에 섞여서 사람들의 음성인 듯

---

* 지붕이 있는 놀잇배.

한 잠음과 멀리서 들리는 통통배의 진동 등이 배집 저 멀리에서 일렁거렸다. 한 곳에 쌓인 채 밀물과 썰물 때마다 젖기도 하고 마르기도 하는 쓰레기 더미가 강가의 뻘 위에서 썩어가고 있었다.

노부오는 배집을 유심히 바라보았다. 폐선을 개조하여 지붕을 올린 모양이었다. 배에는 입구가 두 군데 있는데, 두 군데 모두 기다란 판자가 놓여 있었다. 인기척은 없었다. 아니, 인기척이 없다기보다는 사람들의 접근을 거부하는 적막감이 노부오의 어린 마음에도 느껴졌다. 들어가기가 망설여져서 노부오는 다리 곁에 가만히 서 있었다.

이윽고 지붕 한구석에 햇빛이 비치기 시작하자 썩은 나무의 표면이 선명하게 드러났다. 노부오는 강으로 시선을 옮겼다. 태어나서 지금까지 언제나 자신의 곁을 흐르고 있는 흙탕물 강이 어쩐지 오늘은 더욱 더럽게 느껴졌다. 그러자 말똥이 뒹구는 아스팔트 길도 잿빛으로 일그러진 다리들도 강가에 늘어선 집들의 그을린 광택도 모두가 한결같이 더럽게만 느껴지는 것이었다.

노부오는 무작정 집으로 돌아가고 싶어졌다. 강 건너로 보이는 자신의 집 지붕을 바라보았다. 이층에 늘어뜨린 발이 약간 흔들리는 모습이 보였다. 그때 누군가가 어깨를 툭 쳤다. 뒤돌아보니 소년이 커다란 양동이를 들고 서 있었다.

"놀러 온 거야?"

소년은 미심쩍다는 듯이 노부오의 얼굴을 들여다보았다. 노부오는 시선을 피하며 고개를 끄덕였다. 초대받지도 않았는데 이렇게 찾아온 것이 부끄러웠던 것이다. 그래서 노부오는 순간적으로 거짓말을 했다.

"어제 봤던 잉어, 또 저기에 떠올랐어."

"그래? 정말이야?"

그렇게 외침과 동시에 소년은 달리기 시작했다. 노부오도 달렸다. 달려가면서 노부오는 정말로 귀신잉어가 모습을 드러내고 있을 것 같은 생각이 들었다.

하타테구라 교 한복판에서 강을 내려다보았다.

"어디야? 응, 어디냐니까?"

노부오는 수면을 가리켰다.

"……그래? 벌써 물 속으로 숨어버렸나보구나."

소년은 유감스럽다는 듯이 한숨을 쉬었다.

작은 배를 타고 쌍둥이 형제가 노부오의 집 아래쪽 부근을 오락가락하고 있었다.

"저 녀석들에게 들키지 않았을까?"

"걱정 마, 절대로 들키지 않았으니까."

"그걸 어떻게 알아?"

노부오는 약간 당황했다.

"어떻게 알다니…… 그 잉어가 금세 숨어버렸거든."

"그래? 그러면 그렇다고 빨리 말해줘야지. 괜히 달려오느라고 헛수고만 했잖아."

소년의 한쪽 뺨이 햇빛을 받아 붉게 물들었다. 어딘지 어른스럽게 미소짓는 그 얼굴을 보자 노부오는 자신의 거짓말이 이미 들통났으리라는 생각이 들었다. 그리고 그때 처음으로 노부오는 소년이 여자용 운동화를 신고 있다는 사실을 알아차렸다. 앞쪽에 구멍이 나서 엄지발가락이 보였다.

"우리집에 가자, 응?"

소년은 노부오의 얼굴을 가만히 바라보며 그렇게 말하더니 노부오의 손을 잡아당겼다. 둘은 미나토 교까지 뛰어서 되돌아왔다.

좁은 길을 내려가 나룻배에 발을 올리려다가 노부오는 강가의 뻘에 빠졌다.

"우와, 신발 속까지 질퍽거려!"

소년은 무릎까지 잠긴 노부오의 한쪽 다리를 끌어내고는 큰 소리로 외쳤다.

"누나, 누나!"

노부오보다 두세 살 위의, 하얀 피부의 소녀가 배에서 얼굴을 내밀더니 양손으로 앞머리를 좌우로 가르며 노부오를 보았다. 눈언저리가 동생과 닮았다.

"저기, 우동가게 아이야!"

소년은 강 건너 보이는 노부오의 집을 누나에게 가르쳐주었다.

배에서 나온 소녀는 잠자코 노부오를 뱃머리 쪽으로 데려가 앉히고는 발을 강 쪽으로 내밀게 했다. 그러고는 배 안에서 커다란 국자에 물을 떠왔다.

"이름이 뭐야?"

그렇게 물으며 소녀는 노부오의 발에 물을 끼얹었다.

"……이타쿠라 노부오."

"몇학년인데?"

"이학년."

"그럼 깃짱이랑 같구나."

깃짱은 소년의 애칭이었다. 노부오는 부끄러워하면서도

남매의 이름을 물었다. 이름을 묻는 것은 어른들이나 하는
짓이라는 생각에 노부오는 얼굴을 붉혔다.

"난, 마쓰모토 기이치야."

누나는 긴코라고 했다.

"어느 학교야?"

소년은 잠시 뭔가 생각하더니,

"학교…… 안 다녀."

하고 대답하고는 누나를 보았다.

"그렇구나……"

청죽(靑竹)장수의 손수레가 미나토 교를 건너오고 있었
다. 작은 배를 이리저리 움직이면서 아직도 표류물을 건지고
있는 쌍둥이 형제의 까까머리가 멀리서 푸르게 빛났다.

소녀는 정성스럽게 노부오의 발을 씻어주었다. 물이 모자
라면 배 안으로 들어가 또 물을 떠왔다. 소년이 강물을 퍼서
운동화를 씻어주었다. 노부오는 강물에 떠내려오는 수박 껍
질을 멍하니 바라보며 잠자코 발을 뻗고 있었다. 양지에 앉
아 있노라니 갑자기 땀이 솟았지만 몸 속에는 한기가 남아
있었다. 밤에 또 열이 날지도 모른다는 생각이 들었다.

소녀가 노부오의 발가락을 살짝 벌리고 찔끔찔끔 물을 부

었다. 기분이 좋았다. 노부오는 간지러워, 간지러워, 하며 과
장되게 몸을 비틀었다. 그러고는 그때마다 웃음소리를 내는
소녀의 얼굴을 몇 번이고 곁눈질로 훔쳐보았다.

"자, 깨끗해졌어."

소녀는 남루한 옷자락으로 노부오의 발을 닦아주었다.

"노부오는 속눈썹이 길구나……"

노부오는 얼굴을 붉히며 중얼거렸다.

"그냥 노부짱이라고 불러."

"노부짱, 안으로 들어가자. 안에는 시원해."

소녀가 젖은 운동화를 배의 지붕에 널며 노부오에게 말
했다.

배 안에는 두 평 남짓한 크기의 방이 있고, 낡은 장롱과 동
그란 탁자가 놓여 있었다. 물 위에 떠 있는 집의, 어쩐지 불
안정한 감촉이 발밑에 느껴졌다. 방은 두 개였는데 베니어판
으로 나뉘어 있었다. 옆방으로 가려면 일단 배에서 나와 반
대편 입구로 들어가야 했다.

천장에 낡은 램프가 매달려 있었다. 노부오는 간밤의 노
란 등을 떠올렸다.

"물은 길어놨니?"

옆방에서 엄마인 듯한 여자의 목소리가 들렸다. 낮고 가느다란 목소리였다.

"공원 수도는 저녁때까지 단수래."

소녀가 대답했다. 커다란 물독이 방 입구에 놓여 있었다.

"목말라 죽겠네. 아직 조금은 남아 있지?"

"……응."

소녀가 물독을 기울여 국자로 펐지만 컵의 절반 정도에 불과했다. 그 가족에게는 소중한 물로 발을 씻어주었다는 사실을 알고 노부오는 미안한 마음에 고개를 숙였다.

"누가 왔니?"

"강 건너 우동가게 아이야."

어쩐지 성난 듯한 어조로 소년이 대답했다.

"아무나 데리고 오면 안 돼."

"내 친구야!"

"그래? 언제 친구가 됐는데?"

"어저께."

"……어저께?"

엄마는 노부오에게도 말을 걸었다.

"강 건너 우동가게라면 다루마야 말이냐?"

"아니요…… 야나기 식당이요."

"우리 애들과 어울려 놀면 부모님께 야단맞을 거야."

뭐라고 대답해야 좋을지 몰라서 노부오는 입을 다문 채 머뭇거리고 있었다.

"기이치, 흑사탕 있지? 그거라도 함께 먹어라."

하고 엄마가 말했다.

소년은 구멍가게에 진열되어 있는 것과 같은 커다란 유리병을 선반에서 내려다가 흑사탕을 꺼냈다. 신중하게 크기를 비교하더니 비슷한 모양의 흑사탕 세 개를 골라서 노부오와 누나에게 건넸다.

그리고 대화가 끊어졌다. 기묘한 정적이 어두컴컴한 배 안에 가득했다. 셋은 잠자코 흑사탕을 먹었다. 통통배가 지나가자 그 뒤를 이어 밀려온 파도에 배집이 크게 흔들렸다.

집에 돌아와서도 노부오의 몸은 계속 흔들리고 있었다. 발을 걷어올리고 창가에 턱을 괸 채 배집을 바라보았다. 그집 엄마의 방 쪽에 햇빛이 비치고 있었다. 열기를 띤 강바람에 노부오의 풍경이 소리를 내며 흔들렸다. 공원의 수도는 저녁때까지 단수래, 하는 소녀의 목소리와, 물독 바닥을 긁는 국자 소리가 귀에 남아 있었다.

노부오는 계단 중간에서 가게 안의 기척을 살폈다. 배달을 갔는지 엄마의 모습은 보이지 않았다. 아빠도 가게 앞의 긴 의자에 앉아서 장기 책을 읽고 있었다. 노부오는 살그머니 냉장고로 다가가 몰래 레몬수 병을 꺼냈다. 그리고 다시 배집으로 향했다.

차가운 레몬수 병을 가슴에 안은 채 미나토 교 언저리의 좁은 길로 내려가려는 순간 갑자기 소녀의 부드러운 손가락 움직임이, 또한 등줄기를 타고 오르는 그 간지러운 감촉이, 슬프고 적막한 느낌으로 변하여 노부오의 발끝에 되살아났다.

노부오는 방금 왔던 길을 되돌아 뛰어갔다. 쇼와 교의 한가운데까지 가서는 레몬수 병을 강물에 던져버렸다. 어째서 그런 짓을 했는지 알 수 없었다.

도중에 몇 차례나 멈추며 노부오는 천천히 다리를 건넜다.

야마시타마루라는 일인승 목선이 있었다. 빨간 바탕에 검은색으로 배 이름을 새긴 깃발을 꽂고 있었다. 칠순을 훨씬 넘은 듯이 보이는 과묵한 노인이 그 배로 갯지렁이를 잡았다.

강바닥의 개펄 덩어리를 퍼올려 그것을 여과기에 넣고 강물로 씻어내면 갯지렁이 몇 마리가 모습을 드러낸다. 다리 위에 늘어앉은 낚시꾼들이 손을 흔들면 노인은 완만한 동작으로 노를 저어 배를 접근시킨다. 낚시꾼들이 빈 깡통이나 먹이통에 얼마간의 돈을 넣고 끈에 매달아 노인의 코앞까지 내려주면, 노인은 그 금액에 상당하는 분량의 갯지렁이를 그 속에 넣어준다.

더러운 강바닥에 통통하게 살찐 갯지렁이가 살고 있다는 사실이 노부오에게는 믿어지지 않았다. 노부오는 오래 전에, 자신의 가슴을 가르자 두터운 개펄로 된 막이 있고 그곳에서 갯지렁이가 무수히 기어나오는 꿈을 꾼 적이 있다. 언젠가 기다란 탯줄을 달고 있는 갓난아기가 강물에 떠내려온 적이 있었다. 그때도 노부오는 수많은 갯지렁이가 기어다니는 꿈에 시달렸었다. 노부오는 갯지렁이도 싫었고 그 갯지렁이를 강바닥에서 건져올리는 노인도 싫었다.

그날 노부오는 아침 일찍 눈을 떴다. 긴코와 기이치 남매를 사귄 지 사흘이 지났다.

해는 아직 모습을 보이지 않았지만 강물 위에는 햇빛의 속삭임이 반짝이고 있었다.

노부오는 무심코 도사보리 강을 내려다보았다. 야마시타마루에 탄 노인이 강 한가운데에서 평소처럼 갯지렁이를 잡고 있었다. 새벽녘의 선선한 때에 작업을 하려는 모양이었다.

노부오는 잠시 동안 평소와 다름없는 노인의 손놀림을 바라보고 있었다. 배집이 아침놀 속에 어둡게 잠겨 있었다. 신페이가 잠결에 몸을 뒤척여 그쪽으로 시선을 돌렸다가 다시 멍하니 강을 바라보았다. 노인의 모습이 보이지 않았다. 야마시타마루만이 미미하게 흔들리고 있었다. 커다란 파문이 서서히 강변을 향해서 이동하고 있었다.

노부오는 턱을 괸 채 어찌된 영문일까 하고 생각했다. 문득, 큰일났구나 하는 생각이 들었다.

"아빠, 아빠!"

노부오는 신페이를 흔들어 깨우며 말했다.

"야마시타마루의 할아버지가 없어졌어."

"응?"

신페이는 한쪽 눈을 뜨고 언짢은 듯이 강물을 내려다보았다.

"뭐가? 뭐가 없어졌다는 거야?"

"할아버지가 없어졌다니까."

빈 배를 발견한 신페이는 벌떡 일어났다.

"없어졌다는 건…… 물에 빠진 거지. 큰일이다, 할아버지
가 물에 빠졌어."

신페이의 신고로 경찰차가 몇 대나 왔다. 이윽고 대규모
수색작업이 벌어졌지만 노인은 발견되지 않았다.

그밖에 아무도 노인의 모습을 본 사람이 없었기에 저녁 무
렵 노부오는 아버지와 함께 파출소로 불려갔다.

"자, 마음을 차분히 가라앉히고 잘 생각해봐. 할아버지가
분명히 배에서 갯지렁이를 잡고 있었지?"

순경은 노부오의 입에 별사탕을 넣어주고는 물었다.

"……네."

질문 하나를 대답할 때마다 순경은 노부오의 입에 별사탕
을 넣어주었다.

첫 전차가 지나갔고, 해님은 아직 보이지 않았고, 소변이
마려웠다고, 노부오는 열심히 대답했다.

"됐어, 됐어. 자, 이제부터가 중요해. 할아버지는 물에 빠
졌니? 아니면 스스로 뛰어들었니?"

"……몰라요."

즉각 순경은 불쾌해진 듯 연필 끝으로 책상을 두드렸다.

"모를 리가 없잖아. 그러면 곤란해. 잘 생각해봐."

곤란한 것은 노부오였다. 노부오는 흘기듯이 순경을 노려
보며 중얼거렸다.

"보지 못했으니까, 난 몰라요."

"보지 못했다니…… 할아버지가 갯지렁이 잡는 건 분명
히 봤잖아. 그리고 할아버지가 없어졌다면서 아빠를 깨운 것
도 너야. 어째서 물에 빠지는 순간만 보지 못했다는 거니?"

"어째서 보지 못했냐니, 마침 그 순간만 다른 곳을 봤을 수
도 있잖아!"

신페이가 성난 얼굴로 옆에서 참견했다.

"난 당신 아이와 얘기하고 있는 거야. 그 영감이 어디에
사는지 아직 몰라. 어쩌면 자칫 실수로 빈 배가 떠내려왔을
수도 있으니까."

"그런 건 경찰이 알아서 조사해야지. 우리 아이는 보지 못
했다잖아!"

아빠와 순경의 언쟁을 듣고 있던 노부오는 갑자기 말했다.

"그 할아버지, 잡아먹혔어."

"뭐라구?"

"귀신 같은 커다란 잉어에게 잡아먹힌 거야."

그러자 순경은 결국 모든 걸 포기하고 부자를 돌려보냈다.

아빠의 손을 잡고 집으로 돌아오는 길에 노부오는 귀신에게 홀린 듯이 같은 말을 되풀이했다.

"그 할아버지, 잉어에게 먹혀버린 거야. 정말이야. 내가 분명히 봤어."

"그래 그래, 갯지렁이를 너무 많이 잡아서 자기까지 물고기 밥이 된 거겠지."

엄마는 그날 밤 노부오를 안고 잤다. 정신이 나간 듯이 거대한 잉어의 존재에 대해 지껄여대는 아들이 너무나 가엾게 여겨졌던 것이다.

노인의 시신은 끝내 발견되지 않았다.

"왜 이렇게 들떠 있니? 밥 먹을 땐 한눈팔지 말아라."

자꾸 강 건너쪽을 바라보는 노부오의 손을 엄마가 갑자기 때렸다.

붉게 녹이 슨 듯한 빛깔의 석양이 조금씩 검게 변하며 상류 쪽으로 옮겨갔다. 강가의 이곳저곳에서 저녁식사 냄새가 풍길 무렵이면 남매는 밖으로 나와서 놀기 시작한다. 그 모습은 강 건너 노부오의 집에서도 어렴풋이 보였다. 땅거미지는 길바닥에 쪼그리고 앉아서 무슨 놀이를 하고 있는 듯한 기이치와 긴코의 모습은, 이윽고 완전히 해가 진 뒤에도 어둠 속에 희미하게 보였다. 밤이 깊어, 이따금 켜졌다 꺼졌다 하는 엄마 방의 불빛도, 자그만 물결의 푸르름보다도 한층 덧없는 무언가를 전해왔다. 멀리 보이는 배집과 남매의 모습은 노부오의 밝은 집과는 아주 대조적인, 그러면서도 정체를 알 수 없는 신비한 힘으로 노부오의 마음을 끌어당기는 것이었다.

"요담에, 기이치를 데려와도 괜찮아?"

"기이치가 누군데?"

"저 배에 사는 애야."

"그래? 저기 사는 애와 벌써 친구가 된 거니?"

"응, 기이치네 엄마가 흑사탕을 줬어."

사다코는 어두워진 방에 등불을 켰다.

"으응, 그래서 요전부터 강 건너편만 바라보고 있었구나."

"긴코라는 누나도 있어."

노부오는 개펄에 빠졌던 일이며 긴코가 더러워진 발을 씻어준 일을 얘기했다.

"무슨 장사를 하는데?"

노부오는 대답이 궁했다. 그러고 보니 그 일가는 무얼 해서 먹고사는 걸까 하는 생각이 들었다.

"그런 건 몰라. ……기이치랑 누나가 오면 빙수 만들어 줘."

"그래, 노부오의 친구라면 잘 대접해드려야지."

신페이와 교대하기 위해서 사다코는 서둘러 가게로 내려 갔다. 밤에는 거의 손님이 없었지만 여덟시까지는 가게를 열 어놓는 것이 상례였다. 빨리 저녁 술이 마시고 싶어진 신페 이가 밑에서 사다코를 다그치는 것이다.

"노부오, 숙제는 잘 하고 있니?"

올라오자마자 신페이는 그렇게 말하며 노부오의 얼굴을 양손으로 감쌌다.

"절반쯤 했어."

"나머지 절반은 아빠가 해줄까?"

"선생님이 숙제는 꼭 스스로 하라고 하셨어."

신페이는 웃으면서 술병의 술을 컵에 따르더니 단숨에 들 이켰다.

"그 여선생님이 그런 엄한 말씀을 하시더냐?"

"응, 속여도 금방 알 수 있다고 하셨어."

"여름방학이란 놀기 위해서 있는 거야. 잘 놀아서 튼튼해지지 않으면 훌륭한 사람이 될 수 없지. 하나밖에 없는 우리 아들을 너무 심하게 대하지 말라고, 아빠가 그렇게 말하더라고 전해."

노부오는 배집의 남매 얘기를 다시 한번 아빠에게 했다.

"그 집 아빠도 전쟁에서 입은 상처 때문에 죽었다더구나."

노부오로서는 아빠가 배의 일가에 관해서 알고 있는 게 뜻밖이었다.

"강을 오르내리는 사람들이 얘기하는 걸 엿들었어. 골수염이라고, 뼈가 썩는 병이야. ……전쟁은 아직 끝나지 않은 거야. 알겠니, 노부오?"

아빠는 술에 취하면 반드시 웃통을 벗었다. 몸에는 전쟁터에서 총에 맞은 흔적이 있다. 등에서 옆구리 아래로 총알이 관통한 큰 상흔이다.

"밤에는 그 배에 가면 안 돼."

"……왜?"

아빠는 잠자코 술병을 흔들었다. 한 병 더 데워달라는 재촉이었다. 아빠의 말에 의하면 노부오는 술 데우는 데에 천재적인 소질이 있다는 것이었다. 약간 덜 데워진 듯하면서도 시간을 넘긴 듯한 느낌이 드는 게 정말로 인간의 체온과 흡사하다고 아빠는 항상 칭찬했다.

"신기한 재주도 있지, 노부오는."

"어째서 밤에는 기이치네 집에 가면 안 돼?"

아빠는 그 질문에는 대답하지 않고 잠시 무엇인가 생각하더니 턱을 괴며 물었다.

"노부오, 눈이 많이 내리는 곳에서 살고 싶지 않니?"

"눈이 내리는 곳이라니, 어디?"

"니가타."

노부오는 니가타라는 곳이 도대체 어디에 있는지 감이 잡히지 않았다.

"아빠는 좀 다른 걸 해보고 싶거든…… 좀더 보람이 있는 일을."

"……"

"아빠도 한 번은 죽었던 몸이야. 그 마부 아저씨가 죽었던 날, 정말 그날은 하루 종일 온몸이 꽉 조이는 듯한 느낌이었어. 한 번 죽었던 몸이니까─그 친구 그런 소릴 하고 죽었지. 그 친구도 나도 이제까지 몇 차례나 죽었던 듯한 느낌이 들거든. 헛소리처럼 들릴지 몰라도 정말로 그런 느낌이 들어. 물론 남이 죽는 모습을 본 건 그게 처음이 아냐. 많은 사람들이 내 곁에서 쓰러져 죽었지. ……하지만 그런 기분이 든 건 그날이 처음이었어."

노부오는 밥상에 기대어 아빠의 얼굴을 빤히 들여다보았다.

"정말로 눈 깜짝할 사이에 죽어버리는 거야, 바로 조금 전까지 말을 걸어오던 사람이 말이야. 우리 부대에서 살아남은 건 두 명뿐이지. 일본 땅을 밟았을 때, 난 행복하다, 가진 건 아무것도 없지만 살아 있는 것만으로도 행복하다, 진심으로 그렇게 생각했어. 몇 년 만에 엄마 얼굴을 보고는 내 마누라가 이렇게 미인인가 하며 뺨을 꼬집었지."

평소의 아빠와는 달랐다. 아래층에서 어서 오세요, 하는 엄마의 목소리가 들렸다. 노부오는 몸을 내밀어 아빠의 컵에 술을 따랐다.

"석양을 받으며 긴쓰바를 굽고 있자니 말이야, 어쩐지 만주의 여름이 생각나더구나. 그 전쟁에서 난 어째서 죽지 않았을까…… 어째서 살아남았을까…… 문득 그런 생각이 드는 때가 있어. ……살아남은 또 하나는 무라오카라는 와카야마 출신의 농부인데 자식이 둘 있었지. 빗발치는 총알 속에서도 찰과상 하나 입지 않은 사내야. 그런데 고향으로 돌아간 지 석 달쯤 후에 절벽에서 떨어져 죽었어. 겨우 다섯 척 높이에서 떨어져서 어이없이 죽은 거야. 몇 번이고 몇 번이고 구사일생으로 살아남아 간신히 조국으로 돌아왔는데, 그렇게 횡사를 했지……"

친구들 아버지 중에는 노부오에게 전쟁의 무용담을 들려주는 사람이 많았다. 그것은 언제나 영화를 보는 듯 화려하고 활기찬 내용이었다. 그러나 아빠의 입에서 흘러나오는 말에는 귓전을 울리는 기관총이나 전투기의 굉음은 전혀 섞여 있지 않았다.

"전쟁이 끝나고 이 년쯤 지나서 덴노지 암시장에서 특공대 출신의 젊은 사내가 일본도를 휘둘러대며 난동을 부리는 장면을 본 적이 있어. 이놈들아, 일본은 패했어, 패했다구! 이놈들아, 분한 줄 알아라! 가미카제 따위에 속다니, 가미카제는 이리 나와! 사람들 앞에 나와봐! 하고 외치며 울더군. 멍청한 놈, 종이쪽지 한 장에 처자식과 생이별을 하고 군대에 끌려간 사람들에게 이기고 지는 게 무슨 상관이야? 죽었느냐 살았느냐가 문제지. 그 소리가 여기까지 솟구치는데, 문득 무라오카가 머리에 떠올랐어. 그 순간 눈물이 나서 멈추질 않는 거야……"

신페이는 노부오를 무릎 위에 앉혔다.

"노부오, 구사일생으로 살아온 사람이 여기에서 죽다니, 얼마나 덧없는 죽음이니. ……요전에 죽은 마부 아저씨, 그 친구도 미얀마 전선에서 살아남은 몇 안 되는 사람이야."

전차가 지나가자 그 진동이 노부오의 몸에도 전해져왔다. 노부오는 아빠의 무릎 위에 웅크리고 앉아, 차츰 사라져가는 진동의 여운을 쫓았다. 배집의 어딘지 모르게 덧없는 흔들림이 가슴속에 되살아났다.

"니가타에서, ……니가타에서 함께 장사를 하자고 아빠에게 권하는 사람이 있어. 아빠는 한번 마음껏 원하는 일을 하고 싶어."

술냄새가 풍겼지만 아빠가 취하지는 않았다는 것을 노부오는 알고 있었다. 그것은 평소에 익숙해져 있는 무릎 위의 감촉으로 알 수 있었다. 아빠의 무릎은 술에 취하면 맥없이 풀어진다.

"니가타에…… 언제 갈 건데?"

"아직 가기로 결정한 건 아냐. 아마도 엄마가 싫다고 하겠지."

"……난, 니가타에 가고 싶어. 눈이 많이 내리는 곳에서 살고 싶어."

노부오는 속마음과 상반되는 소리를 중얼거리며 아빠의 가슴에 머리를 가볍게 부딪쳤다. 니가타라는 고장도 눈이 내려 쌓이는 모습도 노부오에게는 미지의, 그러면서도 어쩐지 쓸쓸한 느낌을 주었다.

죽은 마부의 시신을 덮고 있던 꽃돗자리의 짙은 자주색 창포, 홀연히 사라진 야마시타마루의 노인, 그리고 밤에는 배집에 가면 안 된다는 아빠의 말…… 그러한 것들이 아직 어린 노부오의 가슴에 뒤엉킨 실밥과도 같은 상태로 놓여 있었다.

이튿날 노부오의 초대로 기이치와 긴코가 놀러 왔다.

노부오는 엄마가 약속대로 두 사람을 잘 대접해준 것이 기뻤다. 노부오의 새 친구가 놀러 오면 가족관계며 부모의 직업이며 미주알고주알 캐묻는 것이 상례였지만 엄마는 그 남매에게 아무것도 묻지 않았다.

계집아이가 하나 더 있었으면 좋겠다고 입버릇처럼 말하던 엄마는 조용하고 참한 긴코가 마음에 들었던 모양인지, 긴코의 머리를 빗으로 빗어주는 모습엔 뭔가 특별한 감정이 담겨 있는 듯이 보였다.

"평소에 긴코가 밥도 짓고 설거지도 한다니, 아직 초등학교 사학년인데. 도모코와 가오루에게 얘기해주고 싶네."

엄마가 노부오의 사촌들 이름을 들먹이며 긴코를 칭찬하자, 기이치가 정색을 하며 말했다.

"나 노래 많이 알아."

"그래? 굉장하네. 그럼 아줌마에게 노래 한 곡 들려주렴."

기이치는 차렷 자세를 하더니 천장을 노려보며 노래하기 시작했다.

여기는 고향에서 몇백 리
멀리 떠나 만주의
붉은 석양을 받으며
전우는 벌판 끝의 돌 밑에

가게 문을 닫던 신페이는 손을 멈추고 기이치의 노래에 귀를 기울였다. 노부오는 그런 아빠의, 최근 들어 다소 숱이 적어진 머리를 보았다. 그 바로 위에서 파리잡이 끈끈이 종이가 선풍기 바람에 날리고 있었다. 방금 전까지 노부오 마음속의 들떠 있던 기분이 사라지고 친척집에 머문 날 밤처럼 미묘하게 불안정한, 집이 그리워지는 것과 비슷한 기분이 솟았다.

"그 노래, 끝까지 알고 있니?"

"응, 전부 부를 수 있어."

"그거 굉장하구나. ……그럼 처음부터 다시 한번 들려다오."

긴 노래를 기이치는 열심히 불렀다. 제법 어른스럽게 맞추는 가락이 그 노래 특유의 적막감을 더해주었다. 노부오는 좌우로 움직이는 선풍기의 완만한 움직임을 눈으로 멍하니 좇고 있는 긴코에게로 시선을 옮겼다. 광택이 없는 머리카락이 노란 등불 아래에 그을린 듯이 보였다. 가느다란 종아리도 벌레에 물린 자국으로 부어 있었다.

　　싸움이 끝나고 해가 저물어
　　가족 찾아 돌아오는 마음에는
　　부디 살아 있기 바라는
　　무사하기 바라는 소망뿐

"잘했어, 정말 잘했어……"

신페이가 칭찬을 하자 기이치는 발그레해진 얼굴에 수줍음을 보이면서도 기쁜 듯이 고개를 숙였다. 그 모습이 귀여워서 그후에도 신페이와 사다코는 아주 사소한 일에도 과장되게 기이치를 칭찬했다. 그때마다 기이치는 얼굴을 새빨갛게 붉히고 몸을 비틀며 뭐라고 형언할 수 없는 미소로 대답하는 것이었다.

"여보, 요전에 가오루에게 사줬던 원피스가 그애한테는 작아서 그대로 옷장 속에 넣어뒀는데, 그거 긴코에게 맞지 않을까요?"

사다코는 긴코의 손을 끌고 즐거운 듯이 이층으로 올라갔다.

"그 노래, 어디서 배웠니?"

"이웃에 살던 상이군인 아저씨가 가르쳐줬어."

"예전에는 나카노시마 공원에 살았지?"

"응, 하지만 그곳의 강은 공원의 일부라서 거기에서 살면 안 된다고 했어."

신페이는 젖은 수건으로 기이치의 얼굴을 닦아줬다.

"너희 아빠는 솜씨가 훌륭한 사공이었다며?"

기이치는 잠자코 있었다. 아빠에 관한 기억은 없는 모양이었다.

그때 손님이 서너 명 들어왔다. 모두 통통배로 강을 오르내리는 얼굴이 익은 사내들이었다. 순식간에 가게 안은 땀냄새로 가득 찼다.

"죄송합니다만 가게 문을 닫을 시간입니다."

"야박하게 그러지 마쇼."

신페이가 거절하자 사내들은 웃으면서 부탁했다.

"아직 일거리가 남아서…… 좀 있다 사쿠라노미야까지 가야 하니까 아무거나 배만 채우게 해주쇼."

노부오와 기이치는 가게 구석으로 자리를 옮겨서 만화책을 펼쳤다. 사내 하나가 노부오에게 웃으며 말을 걸었다.

"노부오, 지난번엔 정말 큰일을 겪었지?"

노부오가 파출소에 불려갔던 사실은 이미 강을 오르내리는 사내들에게 널리 알려져 있었다.

"강에서 생긴 일은 노부오에게 물어보라는 말이 나돌 정도야. 매일 창가에 앉아서 강을 지켜보고 있으니까."

"그런데 그 할아버지 어디로 사라진 걸까…… 아마도 만쪽으로 떠내려가서 진흙 속으로 빨려들어간 거겠지?"

"만 바닥엔 부드러운 진흙이 오륙 미터쯤 쌓여 있다던데……"

행방불명이 된 노인 이야기로 한바탕 이야기꽃을 피우던 일행 중의 한 사람이 기이치를 보고 말했다.

"어라, 이 녀석 작부 배의 아이잖아……?"

사내들은 일제히 기이치를 쳐다보았다. 기이치는 못 들은 척하며 책에서 시선을 떼지 않았다.

"작부 배라니, 저쪽의 낡은 배 말이야?"

"그래, 멋진 이름이지? 고니시 영감이 붙인 거야. 그 영감, 무척 관심이 많았으니까."

신페이가 주방에서 사내들의 말을 가로막았다.

"애들 앞에서 그런 얘기는 하지 맙시다."

"무슨 소리야. 이 꼬마가 이따금 엄마 대신 손님을 끌어온 다던데."

일순간 웃음소리가 솟았다. 노부오는 기이치의 얼굴에서 핏기가 사라지는 모습을, 뭔가 무서운 걸 보는 심정으로 바라보았다.

"창녀치고는 괜찮은 여자라더군."

"뭐가 괜찮다는 거야? 얼굴이야, 아니면 거기 말이야?"

"글쎄, 그건 자세히 못 물어봤어."

사내들은 다시 웃었다. 노부오는 사내들에게 격렬한 증오

56

심을 느꼈다. 정확한 의미는 모르지만 배집의 가족에 대해서 심한 모욕이 가해지고 있다는 생각이 들었다. 노부오는 창녀라는 말도 이해하지 못했지만 베니어판 건너로 들려오던 그 엄마의 나약한 목소리며 그 말이 지니는 음습한 느낌과 어딘지 일맥상통하는 듯했다.

꼼짝도 않고 만화책을 보고 있는 기이치의 동그란 눈동자는 한 점에 고정된 채였다. 신경이 날카로워져 어깨에 힘을 주고 잔뜩 긴장해 있는 모습은 한눈에 알 수 있었다.

"야스시 씨, 이제 그만 하시구려."

신페이의 심상치 않은 표정에 사내들은 결국 화제를 바꿨다.

사내들이 떠나자 노부오는 아빠에게 마술을 보여달라고 졸랐다. 여전히 둔탁한 빛이 맴돌고 있는 기이치의 눈동자에서 아지랑이 같은 막이 사라지도록 하고 싶었던 것이다.

"좋아, 오늘은 특별 서비스다."

신페이는 주방에서 달걀 하나를 갖고 왔다. 신페이가 자랑하는 사라지는 달걀 마술이었다. 오른손으로 달걀을 감싼다. 왼손을 그 오른손 앞에서 잽싸게 움직이며 기합을 넣으면 분명히 쥐고 있었던 달걀이 감쪽같이 사라진다. 노부오에게는 아무리 보아도 질리지 않는 정말로 신기한 마술이었다.

"어라?"

그렇게 말하며 기이치가 눈을 크게 뜬 것이 노부오는 너무나 기뻤다.

신페이가 다시 한번 같은 동작을 해 보이자 이번에는 사라졌던 달걀이 오른손 손바닥에 다시 나타났다.

"우와……"

기이치는 신페이의 손동작에 완전히 정신이 팔려 있었다.

사다코와 긴코가 내려왔다. 긴코는 꽃무늬의 새옷에 빨간 머리장식까지 달고 있었다.

"또 당신 십팔번이로군요. 그저 재주가 한 가지뿐이니 언제나 똑같은 것밖에 못 한다니까."

사다코가 그렇게 말하며 신페이를 놀렸다.

"바보, 마술 중에서 이게 제일 어려운 거야. 이걸 할 수 있으면 마술사로서는 일류지. 당신, 나중에 비밀을 폭로하면 안 돼."

노부오는 뒤에서 보면 그 비밀을 알 수 있지 않을까 하는 생각이 들었지만, 모르는 채로 있는 편이 훨씬 즐거울 것 같았다.

"옷을 입혀줄 좋은 인형이 생겼군."

신페이는 웃으며 긴코의 머리장식을 만졌다.

"피부가 곱고 미인이니까 꾸며주면 모양새가 나요. 기이치와는 전혀 딴판이야."

모두들 웃었지만 긴코만큼은 표정을 바꾸지 않았다. 서둘러 옷을 벗어 예쁘게 접어서 사다코에게 돌려줬다. 내의 차림이 된 긴코의 야윈 몸에 파리잡이 끈끈이의 흔들거리는 그림자가 비쳤다.

"왜? 이건 아줌마가 긴코에게 주려고 했는데."

긴코는 잠자코 있었다. 옷에서 눈을 피하며 냉담한 자세를 취했다. 사다코도 그 이상은 강요할 수 없었다.

"그렇다면 머리장식이라도 받아라. 이건 줘도 되겠지?"

긴코는 그것도 받으려 하지 않았다.

뒤쪽 창문으로 산들거리며 불어오는 강바람이 모기향 냄새와 옅게 섞여, 그것이 밤 깊은 강변의 가라앉은 듯한 정적을 한층 더했다.

"……돌아갈래요, 너무 늦었어요."

기이치가 신페이와 사다코의 얼굴을 살피며 말했다.

노부오의 가족은 남매를 하타테쿠라 교 부근까지 배웅했다.

"긴코는 정말로 말이 없네요……"

사다코가 불쑥 그런 말을 했을 때 아지 강 한쪽에서 부채꼴 모양의 빛이 다가왔다. 아까의 사내들일 것이다. 수척의 통통배가 강변의 정적을 깨고 강을 거슬러올라간다. 노부오도 신페이도 사다코도, 희미한 윤곽을 드러낸 채 어둠 속에서 조용히 숨쉬고 있는 듯한 배집의 등불을 바라보았다. 통통배의 투광기가 수면에 뿌리는 광선이 일순간 배집을 또렷이 비추더니 이윽고 멀어져갔다.

당장이라도 비가 내릴 듯한 날이었다.

노부오는 한쪽 다리로 깡충깡충 뛰어서 하타테쿠라 교를 건너갔다. 발걸음은 자연히 배집을 향하고 있었다.

낚시꾼이 버리고 간 작은 플라스틱 찌를 발견하자 노부오는 그것을 호주머니에 넣었다. 그것은 노부오의 이상한 버릇이기도 했다. 길바닥에 떨어져 있는 반짝이는 물건이나 문득 흥미를 느낀 것들을 무작정 호주머니에 쑤셔넣는다. 그러고는 자신이 무엇을 주웠는지 금방 잊어버린다. 유리알이나 쇠붙이에 섞여서 이따금 죽은 가재며 아직 움직이고 있는 도마뱀 꼬리 등이 나와서 엄마가 기겁하는 일도 있었다.

발판 위를 가볍게 뛰어 건넌 노부오는 좁은 입구에서 배 안을 들여다보았다. 남매의 모습은 보이지 않았다.

"기이치⋯⋯"

하고 작은 소리로 불렀다. 그러자 베니어판 저편에서 기이치 엄마의 목소리가 들렸다.

"지금 물 길러 갔어."

"⋯⋯그래요?"

노부오는 따분하다는 듯 입구 쪽에 서 있었다.

"노부오, 이리 오너라."

하고 기이치 엄마가 불렀다. 노부오는 언제나 베니어판 너머 로만 얘기할 뿐 아직 한 번도 그 엄마의 모습을 본 적이 없었 다. 노부오가 주저하고 있자 기이치 엄마가 다시 불렀다.

"왜, 쑥스러워서?"

노부오는 발판을 내려가 강변의 진흙이 말라 있는 곳을 골 라서 선미 쪽으로 갔다. 노부오조차도 간신히 들어갈 수 있 을 정도로 작은 문이 있었다. 노부오는 그 문을 살짝 밀어서 열었다.

문 저편은 바로 방이었다.

"신발은 밖에 벗어놔."

노부오는 입구 쪽에 정좌해서 기이치 엄마를 보았다. 윤기 있는 머리를 단정하게 가르마를 타서 뒤로 단단히 묶은, 자신의 엄마보다 훨씬 젊은 여자가, 개켜서 쌓아놓은 이불에 기댄 채 노부오를 바라보고 있었다.

"노부오의 얼굴을 보는 건 처음이네."

하고 기이치 엄마는 말했다. 노부오는 고개를 끄덕이면서 방 안을 힐끗힐끗 둘러보았다. 이불과 싸구려 경대뿐인 살풍경한 방이지만 노부오가 이제까지 맡아본 적 없는, 달콤하면서 습한, 그러면서도 결코 아늑하지는 않은 향기가 맴돌고 있었다.

"그런 곳에 앉아 있지 말고 좀더 이쪽으로 오너라."

그 엄마 곁의 강 쪽 창가로 옮긴 노부오는 머뭇머뭇하고 있었다. 기이치와도 긴코와도 다른, 가늘고 긴 외꺼풀 눈으로 노부오를 주시하던 엄마는 생긋 웃으며 말했다.

"우리 애들이 항상 폐만 끼치는데…… 엄마 아빠에게 고맙다고 전해드려라."

"아줌마도 한번 우리집에 놀러 오세요."

그렇게 말하는 노부오의 가슴이 몹시 뛰었다.

기이치 엄마는 고마워…… 하고 대답하며 푸훗 웃었다.

"제법 어른스런 소릴 하는구나…… 그곳에서 우동가게를 한 지 오래됐니?"

"네."

"이 아줌마도 너희네와 같은 가게를 갖고 싶었지만…… 언제부턴지 몸을 움직여 일하는 게 힘들어져버렸어."

"……"

"언제부터일까…… 그 젖먹이가 그래도 저만큼 컸어."

노부오는 기이치 엄마의 관자놀이에 붙어 있는 머리카락 사이로 한줄기의 땀이 흘러내리는 모습에 정신이 팔렸다. 노부오에게는 창백하고 화장기가 없는 얼굴이 예쁘게 보였다.

가느다란 목이며 백랍 같은 가슴에도 미미하게 땀이 솟아나 있었다. 강바람이 끊임없이 불어오는 선선한 날씨였다. 납빛으로 흐린 하늘에 구름이 뒤엉켜 움직이고 있었다. 강물도 갈색으로 흐려져 있었다.

방 안에 은은히 맴돌고 있는 이 신기한 향기는 안개와도 같은 땀과 더불어 기이치 엄마의 몸에서 스며나오는 피곤하면서도 요염한 여자의 향기임에 틀림없었다. 그리고 노부오는 자신도 모르는 사이에 그 향기 속에 숨어 있는 간지러운 느낌에 숨이 막힐 지경이었다. 노부오는 당황했다. 그러면서도 언제까지고 기이치 엄마 곁에 있고 싶었다.

갑자기 큰 소리를 내며 문이 열렸다. 햇볕에 검게 탄 중년의 사내가 얼굴을 들이밀고 싱글싱글 웃었다.

"……괜찮아?"

기이치 엄마는 자리에서 일어나 손등으로 목 언저리의 땀을 닦았다. 그리고 잠자코 경대 앞에 앉았다.

들어온 사내가 노부오를 바라보며 말했다.

"허, 먼저 온 손님인가?"

그러곤 한쪽 뺨을 찡그리며 또 웃었다. 사내가 노부오의 머리를 쓰다듬으려고 팔을 뻗었다. 노부오는 사내의 곁을 빠져나와 밖으로 나갔다. 초조감 때문에 신발도 신을 수 없었다. 양손에 운동화를 쥐고 진흙탕 위를 달려서 좁은 길을 뛰어올라갔다.

미나토 교 난간에 걸터앉아 남매가 돌아오기를 잠자코 기다렸다. 뒤쪽에서 흔들거리는 낡은 배집을 이따금 돌아다보면서 언제까지고 기다렸다.

전차 정류장 부근에서 물이 든 양동이를 내려놓고 휴식을 취하는 기이치의 모습을 발견하자 노부오는 쏜살같이 달려갔다.

"긴코는?"

"쌀 사러 갔어."

"우리집에서 놀자."

"빙수, 줄 거야?"

"······응, 아빠에게 부탁해볼게."

두 소년은 양동이를 함께 들고 배 안으로 들어갔다. 기이
치가 힐끗 베니어판 건너편을 들여다보았다. 엄마 외에 다른
사람이 있는 듯한 낌새를 느꼈는지 서둘러 물독 뚜껑을 열고
일부러 난폭하게 소리내며 물을 채웠다. 남이 눈치채지 못하
도록 하려는 기이치의 행동이 노부오의 어린 마음에도 느껴
졌다.

쇼와 교를 건널 때 기이치는 진흙투성이가 되어 버둥거리
고 있는 비둘기 새끼를 발견했다. 아치 속에는 야생 비둘기
가 자주 둥지를 튼다. 아마도 둥지에서 떨어져 다리 위에 부
딪힌 모양이다. 비둘기 새끼는 거의 죽어가고 있었다. 하지
만 어미에게 돌려주기만 한다면 다시 기운을 차릴 거라고 두
소년은 생각했다. 올려다보니 아치의 꼭대기에 어미 비둘기
가 있었다.

"서두르지 않으면 죽을 거야."

기이치는 그렇게 말했지만 두 소년에게는 꼭대기가 너무 높아서 아치를 올라갈 용기가 없었다.

그때 강 하류 쪽에서 도요타 형제가 자전거를 타고 오는 것이 보였다. 노부오는 새끼를 몸으로 가렸지만 형제는 잽싸게 알아차렸다. 그러고는 새끼를 내놓으라고 윽박질렀다. 예전에 기르던 비둘기가 도망쳐서 여기에 둥지를 틀었는데 그 비둘기가 낳은 거니까 새끼는 자신들의 소유라는 것이었다.

기이치는 새끼를 가슴에 안고 도망치려 했지만 금방 붙잡히고 말았다. 형제는 기이치의 머리를 쥐어박으며 말했다.

"너네 엄마는 창녀지? 너 같은 녀석이 우리 동네에 있다는 게 기분 나빠서 참을 수가 없어."

기이치의 눈이 심상치 않게 가늘어졌다.

"뭐라구? 둘이 똑같이 생긴 주제에! 너희들이 훨씬 기분 나빠!"

형제의 얼굴이 검붉게 부풀어올랐다. 형제는 주먹으로 기이치를 때렸다. 쓰러져서도 기이치는 비둘기 새끼를 꼭 안고 있었다. 형제 중의 하나가 기이치를 일으켜세우며 욕을 퍼부었다.

"너희 식구들 모두 이곳에서 떠나! ……더러운 것들!"

그러고는 배를 걷어찼다. 힘으로는 도저히 당할 수 없는 상대였다.

두세 걸음 뒤로 물러선 기이치는 코피가 뚝뚝 떨어지는 얼굴을 일그러뜨린 채 형제 앞으로 팔을 쑥 내밀었다. 그리고 손을 꽉 쥐어서 비둘기 새끼를 으스러뜨렸다. 비둘기 새끼는 희미한 절규를 내뱉으며 죽었다.

"……이 새끼!"

망연자실해서 서 있는 형제의 까까머리를 향해 기이치는 비둘기 새끼를 내던졌다. 그 비둘기 새끼의 시체에 정면으로 이마를 얻어맞은 형이 우와, 하고 비명을 지르며 하류 쪽으로 도망치자 한 호흡 늦게 동생도 반대 방향으로 도망쳤다.

노부오는 비둘기 새끼의 시체를 주워서 손바닥으로 감쌌다. 강에다 버릴 작정으로 난간에 기댔다. 그때 강변의 집들에 가려서 지금은 엄마 방밖에 보이지 않는 배집이 침울한 물거품에 둘러싸인 채 강 구석에 처박혀 있는 모습이 눈에 들어왔다. 잠자코 화장대 앞에 앉은 순간의 기이치 엄마의 여윈 모습이 그 기묘한 냄새와 더불어 노부오의 뇌리에 떠올랐다.

노부오는 울었다. 피투성이가 된 기이치의 얼굴에 가만히 시선을 고정시킨 채 하염없이 울었다.

"울지 마, 응? 노부오. 울지 마. 다음에 내가 복수할 테니까 이제 울지 마."

얻어맞고 발로 차인 것은 기이치였다. 그렇기에 노부오는 자신이 왜 울고 있는지 몰랐다. 기이치가 놀림받고 무시당했기 때문에 슬픈 것도 아니었고, 기이치가 비둘기 새끼를 죽여서 슬픈 것도 아니었다. 정체불명의, 그러면서도 몸 둘 바를 모를 깊은 슬픔이 노부오의 몸 속을 관통한 것이었다.

노부오는 비둘기 새끼의 시체를 호주머니에 넣고, 기이치의 찌르는 듯한 시선을 등에 느끼며 혼자 집으로 돌아갔다.

그날 밤 노부오가 잠옷으로 갈아입고 창가에 기대어 만화책을 읽기 시작했을 때 아래층에서 엄마 사다코의 비명이 들렸다.

"무슨 일이야?"

"무슨 일이고 뭐고……"

계단을 뛰어올라온 엄마는 바지와 비둘기 새끼의 시체를 노부오의 코앞에 들이밀었다.

"너 말야! 이런 끔찍한 걸 호주머니에 넣고…… 엄마는 심장이 멎는 줄 알았어!"

아빠 신페이도 얼굴을 찡그리며 썩은 냄새를 풍기기 시작하는 노란 살덩이를 들여다보았다.

"이게 뭐야?"

"비둘기 새끼."

노부오는 작은 소리로 그렇게 대답했다.

"비둘기 새끼……?"

사다코는 징그럽다는 듯 시체를 손끝으로 집어 창문 너머 강으로 던져버렸다.

"앞으로 이런 짓 하면 용서하지 않을 거야! 당신도 단단히 혼을 내주세요."

거지처럼 정말 별의별 걸 다 넣어온다니까…… 사다코는 그렇게 중얼거리며 다시 가게로 내려갔다.

"야, 비둘기 새끼를 호주머니에 넣어두면 죽는다구. 여덟 살이나 됐으면서 그 정도도 몰라?"

"살아 있는 걸 호주머니에 넣은 게 아냐. 죽었으니까 넣은 거지."

신페이는 아들의 얼굴을 유심히 살폈다.

"……음, 호주머니에 말이지."

기이치는 무얼 하고 있을까 하고 노부오는 생각했다. 천진난만하게 커지거나 가늘어지거나 하는 기이치의 눈동자가 그 변화의 와중에 일순 차가운 불길을 내뿜는다는 사실을 노부오는 알고 있었다. 노부오는 뭔가에 조종당하기라도 하듯이 고개를 좌우로 돌리며 배집을 살폈다.

기이치의 눈동자를, 말이 없는 긴코의 하얀 옆얼굴을, 그리고 노부오의 심장을 뜨겁게 감싸던 기이치 엄마의 그 냄새를 노란 등불 아래에 간직한 배집은 칠흑처럼 어두운 강가에 흔들거리며 정박해 있었다.

덴진마쓰리가 시작되었다.

노부오는 배집에 누워서 도사보리 강을 내려오는 마쓰리 배를 구경하고 있었다.

거의 매일같이 노부오는 배집에 들렀지만 그것은 기이치나 긴코와 놀기 위해서가 아니라 창백하고 여윈 몸에 땀이 축축하게 배어난 기이치 엄마의 곁에 가고 싶었기 때문이었다. 노부오는 눈에 보이지 않는 힘으로 자신을 유혹하는 기묘한 냄새의 정체는 물론 그러한 자신의 마음의 움직임조차 눈치채지 못하고 있었다. 하지만 기이치 엄마는 그 이후로 노부오를 불러주지 않았다.

유카타*를 걸친 사내들과 게이샤가 수척의 목선을 타고 강을 내려왔다가 다시 올라간다.

시내에서 출발한 단지리**는 배의 흐름에 맞추어 강가의 길을 움직여갔다.

"영차!"

배에서도 강가의 집들에서도 단지리의 함성에 맞추어 소리를 질렀다. 여자들의 교성에 뒤섞여 술 취한 사내들의 야비한 고함도 강변에 울려퍼졌다. 한여름의 하늘 아래 목선들은 강을 타고 끊임없이 흘러갔다.

배집의 어두컴컴한 방에 엎드려 눈부신 바깥 광경을 바라보고 있노라면 단지리도 목선의 무리들도 아득한 꿈속에서 반짝이는 듯이 여겨진다.

"난 노부오네처럼 평범한 집에서 살고 싶어."

뱃전에서 얼굴만 내밀고 있는 기이치는 목 위만 하얗게 빛나 평소와는 전혀 다른 얼굴로 보였다.

---

* 일본 전통의상으로 여름철이나 목욕 후에 입는 무명 홑옷.
** 축제 때에 악기를 울리며 끌고 다니는 화려한 수레.

이사를 한 지 아직 한 달도 지나지 않았는데 기이치네 가족은 담당 공무원으로부터 퇴거권고를 받았다. 기이치네가 같은 장소에서 두 달도 버티지 못하고 강가를 몇 년이나 유랑하며 살았다는 사실을 노부오로서는 알 리가 없었다.

기이치는 아까부터 열심히 손바닥으로 유리구슬을 만지작거리고 있었다. 어떻게 해서든 신페이의 마술을 흉내내려는 것이었다. 유리구슬은 기이치의 손에서 떨어져 강에 가라앉았다.

"노부오, 아빠가 돌아오라고 하셔!"

긴코가 배 입구에서 노부오를 불렀다.

사다코는 긴코를 특별히 귀여워했다. 말수가 적은 긴코도 사다코에게는 무엇이건 이야기하게끔 되어 그날도 긴코만 노부오의 집에서 놀고 있었던 것이다. 딱히 부탁한 것도 아닌데 긴코는 가게의 청소며 정돈이며 심지어는 세탁까지도 열심히 거들었다. 긴코는 밤이 깊어도 배로 돌아가려 하지 않는 경우가 많았다. 그때마다 사다코는 긴코를 미나토 교 근처까지 데려다주었다.

"아줌마가, 기침이 너무 나서 의사 선생님이 왕진 오셨어."

사다코가 천식 발작을 일으킨 것이었다. 언제나 환절기가 되면 앓아눕곤 했지만 이런 한여름에 발작을 일으킨 것은 처음이었다.

"어떻게 된 거니?"

옆방에서 기이치 엄마의 목소리가 들렸다. 노부오는 깜짝 놀라서 귀를 기울였다.

"그 아주머니, 기침이 나서 숨을 쉴 수 없게 된 거야."

"그거 큰일이로구나. 노부오! 빨리 돌아가거라."

"……네."

"예전에도 안 좋으셨니?"

"우리 엄마는 천식이에요."

"그것도 몹쓸 병이지."

노부오는 배집을 나오다가 문득 멈춰 섰다.

"아주머니!"

별달리 할말이 있는 것도 아니었다.

"왜?"

노부오는 미처 다음 말을 준비하지 못했다. 지금처럼 마부 아저씨를 불러세웠던 일이 문득 떠올랐다.

"안녕!"

기이치 엄마도 작은 소리로 응답했다.

"······안녕."

노부오를 다리 밑까지 배웅한 기이치가 외쳤다.

"신사에 가자! 신사에 가자!"

경내에는 수많은 노점이 들어서 있다. 그날 밤은 신페이가 두 소년을 데리고 덴마에 있는 덴진 신사에 가기로 되어 있었다.

집에 돌아와보니 엄마는 자리에 누워서 아직 자그맣게 기침을 하고 있었지만 발작은 일단 멈춘 듯했다.

"요번에는 정말 심했어."

주치의가 처음으로 요양 이야기를 꺼냈다.

"이 부근도 점차로 공기가 나빠지고 있으니까 차츰 환자의 건강에 좋지 않게 될 겁니다."

"남편 혼자서는 가게를 이끌어갈 수 없는걸요······ 게다가 애들도 아직 어리고."

"이 병은 공기가 좋으냐 나쁘냐에 좌우되니까 잠시 요양해보는 것이 어떻겠냐는 게 제 의견입니다. 바깥어른과 잘 상의해보시죠."

마쓰리 날은 가게도 대목이다. 핫피* 차림의 젊은이들이

74

미처 가게 안에 들어오지 못하고 밖에서 레몬수를 마신다.

"빙수라도 들고 가세요."

돌아가려는 의사를 신페이가 불러세웠다. 의사는 신페이에게도 말했다.

"매년 발작 횟수가 늘어나고 있고 그때마다 정도도 심해지고 있어요. 발작을 멈추게 하는 좋은 약이 있기는 하지만 그건 몸에 좋지가 않죠. 공기가 깨끗한 곳에서 사는 게 제일 좋은 치료방법입니다."

신페이는 이리저리 바삐 움직이면서 힐끗 의사를 보았다.

"……신중히 생각해볼게요."

그날은 점심때가 지나서 가게를 닫았다.

신페이와 사다코는 한참 동안 이야기를 나누었다. 이층 창에서는 강을 내려가던 마쓰리 배가 아지 강 중간쯤에서 방향을 틀어 다시 강을 거슬러올라가는 모습이 보였다.

"간신히 이만큼 자리를 잡았는데 다시 이사를 갈 수가 있나요."

"하지만 좋은 기회일지도 모른다는 생각이 들어."

---

* 옛날 직공이나 머슴들이 입던 윗도리.

분명 신페이에게 있어서는 니가타 행을 결심하기에 좋은
기회였다.

"거기는 땅값도 싸니까, 자금은 두 사람이 나누어 내면 어
떻게든 될 거야. 가와구치초에 요카로라는 중국집이 있잖
아? 그곳 주인이 가게를 팔게 되면 알려달라며 당장이라도
사겠다고 하더군."

"몇 번이나 말했잖아요. 저는 반대예요. 해본 적도 없는
장사로 고생하느니, 대단한 사치는 못 하더라도 지금 상태로
충분해요. 상대방도 우리 돈을 노려서 오라고 권하는 게 아
닐까요?"

노부오는 그때 처음으로 아빠가 자동차 수리와 판금을 하
는 회사를 차리려 한다는 사실을 알았다.

"니가타라면 공기도 깨끗할 거라는 생각에서 하는 말이
야. 사치를 하려는 게 아니라구. 당신 혼자서 요양을 가는 건
현실적으로 불가능하니까. 그렇다면 차라리……"

"거짓말! 핑계예요. 당신은 니가타에 가고 싶으니까 제
병을 미끼로 그런 구실을 만들고 있는 거예요."

사다코는 결국 말을 멈췄다. 신페이에게 등을 돌려 울기
시작했다. 울음소리는 강바람을 타고 들려오는 마쓰리의 함

성에 휩쓸렸다.

"이런, 환자가 울면 안 되지."

가게 문을 두드리는 소리가 들려 노부오는 내려가봤다. 긴코였다.

"엄마가 여기 일을 도와주고 오랬어……"

신페이가 이층에서 불렀다.

"고마워, 도와주러 온 거구나. 가게는 닫았지만 일단 들어와."

노부오는 햇빛 속으로 나갔다. 도사보리 강만이 아니라 바로 옆의 도지마 강에도 마쓰리를 즐기는 배가 이어지고 있었다. 어느 배건 갑판에는 술자리를 즐긴 흔적이 어지럽게 널려 있었다. 이따금 바람이 불어와 수면 위에 빛의 주름을 만들었다.

유달리 화려한 장식을 한 배가 후나쓰 교 밑을 지나려는 참이라 노부오는 그 위로 달려가 손을 흔들었다. 선객 한 사람이 작은 수박을 던져주었다. 수박은 멋지게 난간 위에서 원을 그리며 일단 손에 잡혔다가 바닥에 나뒹굴었다. 노부오는 후나쓰 교 비탈길을 데굴데굴 굴러가는 수박을 쫓아갔다.

"꼬마야! 잘 받았니?"

노부오는 다리 반대편으로 달려가 수박을 양손으로 들고
외쳤다.

"감사합니다, 감사합니다!"

"깨지지 않았니?"

"조금밖에 안 깨졌어요."

"조금 깨진 게 더 맛있지. 이 아가씨처럼."

사내가 곁에 앉아 있는 전통식 머리모양의 여자를 껴안았
다. 여자의 애교 섞인 웃음소리는 언제까지고 멈추지 않았
다. 하얗게 칠한 얼굴에 입술만 붉게 타오르고 있었다.

일제히 함성이 일었다. 노인회의 깃발을 세운 배가 좌우
로 구불거리며 가고 있었다.

"사공이 만취했어."

길을 가던 사람들의 눈이 일제히 그 사공에게로 쏠렸다.

"가라앉혀, 가라앉히라구!"

노인 중에서 그렇게 외치는 자가 있었다.

"가라앉혀, 가라앉히라니까!"

수박을 옆구리에 끼고 노부오는 집으로 뛰어들어갔다.
끈적거리는 노인의 목소리는 조용한 가게 안까지 따라들어
왔다.

주방 안에 쪼그리고 있던 긴코가 놀란 듯이 얼굴을 들었다.

"뭐 하고 있어?"

긴코는 수줍은 듯이 웃었다. 그리고 노부오를 가까이 불렀다. 쌀독 뚜껑이 열려 있었다.

"쌀이 따듯해."

그렇게 속삭이며 긴코는 양손을 쌀 속에 묻었다.

"추운 겨울에도 쌀은 따듯해. 노부오도 손을 넣어봐."

노부오는 시키는 대로 손을 쌀독 속으로 넣어 팔꿈치까지 묻었다. 전혀 따듯하다는 생각이 들지 않았다. 땀에 젖은 손이 오히려 쌀 때문에 식었다.

"차가워……"

노부오는 손을 뺐다. 양손은 새하얗게 변해 있었다.

"난 따듯해."

긴코는 양손을 묻은 채 가만히 있었다.

"쌀이 가득한 쌀독에 손을 넣어 데울 때가 제일 행복하다고…… 우리 엄마가 그렇게 말했어."

"……그래?"

엄마와는 전혀 다른 쌍꺼풀의 동그란 눈을 바라보며 노부오는 근처에 사는 어느 소녀보다도 예쁘다고 생각했다. 노부오는 긴코에게 몸을 가까이했다. 그 엄마와 비슷한 냄새가 긴코의 몸에서 풍길 것 같은 느낌이 들었던 것이다.

"……나, 또 발이 더러워졌어."

멀리서 단지리의 함성이 울려퍼지고 있었다.

너희들을 데리고 갈 작정이었지만 엄마가 몸이 좋지 않아, 하고 신페이는 말했다. 노부오와 기이치는 어쩔 수 없이 둘이서 근처의 조세이 교에 있는 신사에 가기로 했다.

"너무 늦게까지 놀면 안 돼."

신페이는 노부오와 기이치의 손에 동전 몇 개를 쥐여줬다.

"긴코는 안 갈 거야?"

노부오가 이층에 대고 물었다.

"응, 나는 안 갈래."

긴코의 대답이 잠시 후에 들려왔다.

두 소년은 땅거미가 지는 길을 달려갔다.

근처라고는 하지만 노부오의 집에서 조세이 교까지는 걸어서 삼십 분 가까이 걸리는 거리였다. 도지마 강 주변을 따라서 올라가다가 도지마 대교를 건너 북쪽으로 걸어가자 마쓰리의 함성이 크게 들려왔다.

큰길을 돌아서 시모타야[*]가 늘어서 있는 쪽으로 들어서니 해가 지기를 기다리다 못한 아이들이 길바닥에 웅크리고 앉아서 불꽃에 불을 붙이고 있었다. 술냄새를 풍기는 핫피 차림의 사내가 똑같은 무늬의 핫피를 입힌 아이를 어깨에 태우고 어슬렁어슬렁 신사로 향하고 있었다. 그 뒤를 기이치와 나란히 걸으면서 갑자기 크게 출렁이기 시작한 마쓰리의 노랫소리에 귀를 기울이고 있노라니 노부오는 갑자기 불안해졌다.

"돈을 갖고 놀러 가는 건 처음이야."

기이치는 이따금 멈춰 서서는 그때마다 손바닥을 펴서 신페이에게서 받은 동전의 수를 확인했다. 노부오는 자신의 돈을 모두 기이치의 손바닥으로 옮겼다.

"내 거랑 합치면 뭐든지 살 수 있을 거야."

"그렇구나, 그걸 살 수 있을지도 몰라."

노부오도 기이치도 화약을 채워서 날리는 로켓이 갖고 싶었던 것이다. 에비스 신사의 잿날에도 팔았으니까 틀림없이 오늘밤에도 팔고 있을 것이다.

---

[*] 가게를 하다가 폐업한 여염집.

덴마의 신사처럼 거대한 축제는 아니었지만 그래도 상점가 끝에서 경내까지 이르는 길에는 노점상이 즐비했다. 사람들의 왕래도 많아지고 오징어를 굽는 냄새와 노점상의 돗자리 위에서 흰 빛을 발하고 있는 카바이트의 악취가 어두워지기 시작한 길에 가득하여, 노부오도 기이치도 점차로 축제 기분에 들뜨기 시작했다.

기이치는 동전을 호주머니에 넣고 노부오의 손을 잡았다.

"꼭 붙어 있어야 돼."

인파 속을 누비며 두 소년은 노점상을 하나하나 들여다보았다.

물엿장수 앞에 섰을 때 기이치가 물었다.

"한 잔만 사서 절반씩 마시지 않을래?"

로켓을 사고 난 후에 마시자는 노부오의 말에 마지못해 그 자리를 떠났지만, 오징어구이 가게 앞에서도 같은 소리를 하며 졸랐다. 마실 것이나 먹을 것을 파는 가게 앞에 오면 기이치는 반드시 노부오의 팔을 당기며 조르는 것이었다.

"기이치, 로켓 갖고 싶지 않아?"

기이치의 손을 뿌리친 노부오는 화가 난 듯이 말했다.

"로켓도 갖고 싶지만 난 이것저것 먹어보고 싶어."

뽀로통해진 기이치는 정강이의 벌레 물린 곳을 세게 긁었다.

어느새 하늘은 완전히 어두워져 상점가에 걸린 제등과 알전구에도 불이 켜지고, 급격히 늘어난 인파가 그 밑에서 밀치락달치락하고 있었다.

토라진 척하며 한 걸음도 움직이려 하지 않는 기이치를 무시하고 노부오는 혼자 경내를 향해서 걷기 시작했다. 걷기 시작하자 인파에 밀려서 멈출 수도 없게 되어버렸다. 기이치의 얼굴이 멀어져 보이지 않게 되었다.

노부오는 당황해서 돌아가려 했지만 형형색색의 유카타와 부채, 땀내와 화장품 냄새가 커다란 흐름이 되어 노부오를 되밀었다. 간신히 원래의 장소로 돌아왔을 때에는 기이치의 모습은 없었다.

노부오는 깡충깡충 뛰면서 주위를 살폈다. 어느 틈에 엇갈렸는지 인파에 섞여 있는 기이치의 얼굴이 신사 입구 쪽에서 힐끗힐끗 보였다.

"기이치! 기이치!"

노부오의 목소리는 아이들의 환성과 마쓰리 노래에 지워지고 말았다. 기이치는 빠른 걸음으로 앞을 향해 나아갔다. 몹시 당황해서 노부오를 찾고 있는 모습이었다.

노부오는 어른들의 무릎 사이를 헤치며 필사적으로 달렸다. 몇 사람인가의 발을 밟고는 이따금 욕을 먹고 떠밀리기도 했다. 경내 바로 앞에 위치한 풍경가게 앞에서 간신히 기이치를 따라잡았다. 빨갛고 파란 꼬리표가 일제히 흔들리기 시작하자 그와 더불어 어쩐지 가슴을 찌르는 듯한 차가운 풍경 소리에 휩싸였다.

노부오는 기이치의 어깨를 잡았다. 기이치는 울고 있었다. 울면서 뭔가 외치고 있었다.

"뭐? 뭐라구? 무슨 일인데?"

잘 들리지 않아 노부오는 기이치의 입 가까이에 귀를 댔다.

"돈이 없어졌어! 돈을 잃어버렸어!"

풍경가게 진열대에 매달린 수많은 꼬리표 그림자가 기이치의 일그러진 얼굴에 비치고 있었다.

노부오와 기이치는 다시 한번 상점가의 끝까지 되돌아가서 땅바닥을 노려보며 지그재그로 걸었다. 다시 풍경가게 앞까지 돌아왔지만 떨어뜨린 동전은 하나도 보이지 않았다. 기이치의 바지 주머니는 양쪽 모두 구멍이 뚫려 있었던 것이다.

노부오가 무슨 말을 걸어도 기이치는 입을 꼭 다문 채였다. 인파에 밀려서 두 소년은 경내로 들어갔다.

단지리가 한 대 놓여 있고 그 안에서 몇 명의 사내들이 악기를 울려대고 있었다. 똑같은 선율의 집요한 반복에 취한 사내들의 알몸에서 끈적끈적한 땀이 흘러내리고 있었다. 염주처럼 꿰어서 매단 알전구가 단지리 주위에서 부르르 떨리고 있었다.

노부오는 돌층계에 걸터앉아, 마침 바로 앞에 멈춰 서서 누군가를 기다리고 있는 듯한 유카타 차림의 소녀를 바라보았다. 그 소녀가 들고 있는 회전등롱 속에서 검은 야카타부네가 맴돌고 있었다.

둔탁한 파열음이 들리고 그와 함께 초연 냄새가 자욱했다. 노부오와 기이치의 앞에 작은 플라스틱 로켓이 떨어졌다. 경내 안에서도 특히 아이들이 많이 모이는 노점에는 장난감 로켓이 돗자리 위에 가지런히 놓여 있었다. 발밑의 로켓을 잽싸게 집어든 기이치는 노부오의 손을 끌고 그 노점이 있는 곳까지 달려갔다.

이마에 두건을 두른 사내는 돗자리에 앉은 채 기이치의 손에서 로켓을 받아들고 쉰 목소리로 말했다.

"땡큐, 땡큐, 수고했어."

노부오와 기이치는 얼굴을 마주 보며 웃었다.

"그거 얼마예요?"

"겨우 팔십 냥. 어때, 싸지?"

두 소년은 다시 얼굴을 마주 보았다. 두 개나 사고도 오징어구이를 먹을 수 있는 돈이 아니었는가?

"자, 다시 한번 보여줄 테니까, 사가거라!"

위험해, 달나라까지 날아가는 로켓이니까, 하고 외치며 사내는 짧은 도화선에 불을 붙였다. 노부오도 기이치도 당황해서 두세 걸음 물러선 채 침을 삼키며 도화선을 주목했다.

커다란 파열음과 더불어 로켓은 비스듬히 날아오르더니 은행나무에 부딪혀 새전함 속으로 떨어졌다. 당황해서 달려가는 사내의 모습이 구경꾼들의 웃음을 샀다. 노부오도 웃었다. 웃으면서 기이치의 얼굴을 보았다. 어딘가 엉뚱한 곳에 시선을 주고 있는 기이치의 눈이 가늘어져 있었다.

"쳇, 저런 곳에 떨어져버렸으니 찾아올 수가 없네."

달려서 되돌아온 사내는 돗자리 위에 양반다리를 하고 앉아서 화풀이하듯이 소리쳤다.

"어이, 한심한 것들! 이런 장난감 하나 못 사는 거야? 구경만 할 거면 다른 곳으로 꺼져!"

"노부오, 돌아가자."

기이치가 노부오의 어깨를 툭 치더니 빠른 걸음으로 단지리 곁을 빠져나갔다.

"빨리 가자, 빨리!"

기이치는 웃으며 외쳤다. 인파는 한층 늘어나 신사 입구에서 소용돌이를 이루고 있었다.

사람들을 피해서 골목 안으로 들어가자 기이치는 윗도리를 걷어올렸다. 장난감 로켓이 바지 허리춤에 꽂혀 있었다.

"그거, 어디서 난 거니?"

"아저씨가 로켓을 주우러 갔을 때 훔친 거야. 이거, 노부오에게 줄게."

노부오는 놀라서 뒤로 물러났다.

"훔쳤어?"

자랑스러운 듯이 고개를 끄덕이는 기이치를 향해서 노부오는 무심코 외쳤다.

"그런 건 필요 없어. 그런 짓을 하는 건 도둑놈이야."

기이치는 노부오의 얼굴을 이상하다는 듯이 들여다보았다.

"필요 없어?"

"필요 없어."

마구 욕설을 외쳐대던 장사꾼에게서 로켓을 훔쳐온 것은 노부오에게도 조금은 통쾌한 일이었다. 그러나 노부오는 마음과는 정반대의 말로 기이치를 나무라고 있었다. 기이치의 손에서 로켓을 빼앗아 발밑에 내동댕이쳤다. 그리고 총총걸음으로 인파 속으로 끼어들었다. 기이치는 로켓을 주워들고 따라오면서 다시 물었다.

　"정말로 필요 없어?"

　스스로도 깜짝 놀랄 정도로 심한 말이 노부오의 입에서 튀어나왔다.

　"도둑놈, 도둑놈, 도둑놈!"

　인파를 힘껏 헤치며 노부오는 화가 나서 걸었다. 기이치의 비통한 목소리가 뒤에서 들렸다.

　"미안해, 미안해! 앞으로는 도둑질 안 할게. 노부오, 나, 앞으로 절대로 남의 물건 훔치지 않을게. 그러니까 그런 말 하지 마. 다시는 그런 말 하지 마!"

　뿌리쳐도 뿌리쳐도 기이치는 울면서 노부오에게 매달려 떨어지지 않았다. 두 소년은 옥신각신하며 조금씩 마쓰리의 번잡함으로부터 멀어져갔다.

　밤은 상당히 깊어져 있었다.

인적도 뜸해진 도지마 강 주위에는 버드나무 가지만이 바람에 흔들리고 있었다. 두 소년은 터벅터벅 강변을 걸어서 돌아왔다. 바람의 상태에 따라서 마쓰리의 악기 소리가 크게 들리기라도 하면 두 소년은 약속이라도 한 듯이 멈추어 서서 말없이 서로의 얼굴을 쳐다보았다.

미나토 교 가까이에 도착했을 때 동쪽 밤하늘에 불꽃이 솟았다. 처음에는 몇 개의 커다란 불꽃이 터지더니, 그것으로 끝인가 하는 생각이 들 무렵, 이번에는 빨강과 파랑의 수양 버들 불꽃이 휙휙 소리를 내며 터졌다.

노부오와 기이치는 미나토 교 난간에 올라타고 언제까지고 불꽃을 바라보았다. 강바람이 상쾌했다. 밀물이 지나 부풀었던 수면이 눈에 보이지 않는 속도로 줄어들고 있었다. 노부오는 불꽃과 배집을 번갈아 보았다.

"게 집이 있어. 내 보물이야. 노부오한테만 보여줄게."

기이치가 목소리를 죽이며 속삭였다.

"게 집?"

"응, 내가 만든 거야."

밤에는 그 집에 가면 안 된다는 아빠의 말이 떠올랐지만 그래도 게 집을 보고 싶은 유혹을 이길 수 없었다.

노부오와 기이치는 좁은 길을 내려가 널빤지가 삐걱거리지 않도록 조심하면서 살며시 배 안으로 들어갔다.

희미한 빛이 강 저편에 펼쳐지고 있었지만, 대부분 강의 수면에 흡수되어 배 안에서는 이따금 자그만 불빛이 반짝일 뿐이었다.

눈이 익숙해지자 방구석에서 자고 있는 긴코가 보였다. 어둠 속에서 어쩐지 머리카락만이 부옇게 빛나고 있었다.

노부오도 기이치도 목이 말랐다. 물독 뚜껑을 열고 국자로 물을 마셨다. 물을 삼키는 소리가 배 안에 울려퍼졌다. 어렴풋이 불꽃놀이 소리도 들렸다.

기이치는 강변 쪽 작은 창을 열고 뱃전으로 몸을 내밀더니 얕은 물에 세워놓은 장대 하나를 뽑았다. 자세히 보니 낡아서 끝이 몽땅해진 대빗자루였다.

"잘 봐."

기이치가 대빗자루를 흔들었다. 그러자 물방울과 함께 몇 마리의 민물게가 떨어졌다.

"이 속에 또 잔뜩 있어."

물에 젖은 단단한 물체가 노부오의 손등을 넘어 배 안으로 들어왔다.

"이게 모두 게야?"

"그럼. 이거 모두 노부오한테 줄게."

게는 노부오의 발등을 따라서 다다미 위에 흩어졌다. 게의 모습은 보이지 않았다. 단지 다다미 위를 기어가는 소리만 들렸다.

노부오는 뱃전에서 다시 불꽃놀이를 쳐다보았다. 가슴과 등에 흥건히 땀이 솟았다. 강 건너의 불빛을 받아 창백하게 빛나는 기이치의 눈동자가 노부오의 옆모습을 뚫어지게 바라보고 있었다.

뱃전에 놓아둔 대빗자루 속에서 무수한 게가 기어나와 어느 틈에 방 안을 돌아다니기 시작했다. 배 안 여기저기에서 게가 기어가는 소리가 들려왔다. 그것은 베니어판 건너편에서도 들렸다. 불꽃이 밤하늘로 날아가는 소리와 비슷하기도 했고 누군가가 흐느껴 우는 소리 같기도 했다.

노부오는 배 안에서 몸을 웅크린 채 그 기묘한 소리에 귀를 기울였다. 통통배가 강을 올라가는 소리에 노부오는 정신이 들었다.

"……나, 돌아갈게."

노부오가 그렇게 말하자, 기이치가 노부오의 어깨를 누르며 일어섰다.

"가지 마; 재미있는 거 가르쳐줄 테니까."

"……재미있는 게 뭔데?"

커다란 밥그릇에 램프용 기름을 붓더니 기이치는 그 속에
게를 넣었다.

"이 녀석들 배가 터지도록 기름을 마실 거야."

"그럼 어떻게 되는데?"

"괴로워하면서 기름 거품을 내뿜겠지."

기이치는 소리를 죽여 그렇게 말하더니 뱃전에 게를 늘
어놓고 불을 붙였다. 몇 개의 파란 불덩어리가 뱃전에 흩어
졌다.

가만히 타 죽는 게도 있고 불기둥을 올리며 기어다니는 게
도 있었다. 악취를 뿜는 자그맣고 파란 불길이 무언가 기괴
한 소리를 내며 게의 몸에서 솟았다. 완전히 연소될 때 게의
몸 속에서 자그만 불똥이 튀었다. 그것은 지면에 떨어진 선
향불꽃의 불똥과도 같았다.

"멋있지?"

"……응."

노부오의 무릎이 떨렸다. 두려움이 몸 속에서 솟구치고

있었다.

　노부오는 어린 마음에도 기이치가 심상치 않음을 깨달았다. 눈 속에 불타는 게가 있었다. 기이치는 대빗자루를 흔들어 다시 몇 마리의 게를 잡아서 기름에 넣었다. 그리고 신들린 듯이 잇달아 불을 붙였다.

　"기이치, 이제 그만두자! 응? 그만두자!"

　불길은 점점이 흩어졌다. 대부분 강에 떨어졌지만 그중 몇 마리는 방 안으로 내려왔다.

　"위험해. 응? 기이치, 불이 날 거야."

　게는 불에 타면서 좁은 방 안을 이리저리 기어다니며 작은 불똥을 떨어뜨렸다. 양손을 축 늘어뜨린 채 기이치는 멍하니 방 안의 불길을 바라보고 있었다. 노부오가 불을 끄려고 다다미 위에 무릎을 꿇었을 때 잠들었던 긴코가 천천히 일어났다. 그리고 불에 타고 있는 게의 다리를 별로 당황하는 기색도 없이 집어들더니 하나하나 강에 던져버렸다.

　한줄기의 불길이 뱃전을 달렸다. 노부오는 손을 뻗쳐서 그것을 강으로 떨쳐버리려 했다. 그러나 불길은 잽싸게 선미 쪽으로 기어갔다.

　노부오는 뱃전에 엎드려 그것을 쫓았다. 가까이 다가가자 강으로 떨어졌다. 노부오는 그 자세 그대로 무심코 기이치 엄마의 방을 창문으로 들여다보았다.

어둠 속에 기이치 엄마의 얼굴이 있었다. 파란 반점 모양의 불길에 뒤덮인 인간의 등이 그 엄마의 위에서 파도치고 있었다. 강 건너의 희미한 불빛을 받아 빛과 그림자의 얼룩무늬가 방 안 가득히 드리워져 있었다. 노부오는 시선을 집중해 기이치 엄마의 얼굴을 바라보았다. 실처럼 가느다란 눈이 깜빡이지도 않고 노부오를 마주 보고 있었다. 푸른 반점의 불길은 희미한 신음 소리를 내며 한층 격렬하게 파도치고 있었다.

노부오는 전신에 소름이 쫙 끼쳤다. 그는 뱃전을 뒷걸음쳐 되돌아왔다. 남매의 방에 내려선 순간 큰 소리로 울기 시작했다. 긴코와 기이치의 모습을 찾으며 강변에 울려퍼질 정도로 큰 소리를 내어 울었다.

방구석에 우뚝 서서 자신을 가만히 내려다보고 있는 남매의 검은 윤곽을 발견하자 노부오는 울면서 손을 더듬어 신발을 신고 널빤지 위를 뒤뚱뒤뚱 건너서 좁은 길을 올라갔다. 불꽃놀이는 아직도 계속되고 있었다.

신페이가 니가타 행을 결심한 것은 덴진마쓰리가 끝나고 열흘가량 지났을 무렵이었다. 시가보다 이 할이나 높은 가격으로 사겠다는 사람이 갑자기 나타난 것이었다.

사다코는 끝까지 반대했지만 빈번한 천식 발작과 신페이의 기세에 결국 지고 말았다. 팔월 중순까지 집과 토지를 비워주는 것이 매입자의 조건이었다.

"상대방도 장사꾼이야. 여러 가지 생각이 있겠지. 마침 잘됐어. 곧 신학기가 시작되니까 노부오가 전학하기에도 시기가 좋잖아."

분주한 이사 준비 도중에 신페이는 밝게 웃으며 새로운 사업계획이며 니가타의 거리 풍경이며 눈이 내려 쌓이는 모습을 들려주었다. 그러던 중 사다코도 결국 승복하고 말았는지 남편의 말에 맞장구를 치게 되었다.

"여기와 다르게 공기가 맑으니까 제 천식에도 아주 좋을 거예요."

"물론이지, 이렇게 먼지가 많은 곳은 사람이 살 곳이 못돼. 니가타에 가면 난 정말 열심히 일할 거야."

덴진마쓰리 이래로 노부오는 기이치를 만나지 않았다. 남매도 그후로 놀러오지 않았고 노부오도 찾아가지 않았다. 노부오는 혼자 에비스 신사의 경내에서 놀기도 하고 이층 방에서 강변을 멍하니 바라보며 하루를 보내기도 했다. 그리고 기이치가 자기 집을 향해서 다리를 건너오기를 마음속으로 기대하고 있었다.

니가타 행 이야기를 들은 날, 노부오는 배집 가까이까지 갔다. 기이치 엄마의 가느다란 눈과 그 위에서 꿈틀거리던 파란 불길이 노부오의 가슴속에 문득 되살아나, 그는 좁은 길을 내려갈 수가 없었다. 노부오는 작은 돌멩이 몇 개를 배지붕에 던졌다. 기이치가 얼굴을 내밀면 모르는 척하며 난간에 기대어 있을 작정이었다. 그러면 그날 밤 큰 소리로 울었던 자신을 기이치가 용서해줄지도 몰랐다.

그러나 배 안에서는 아무런 응답도 없었다. 노부오는 다시 터벅터벅 다리를 건너 집으로 돌아왔다. 사람들과의 이별이나 태어나 자란 땅을 떠나게 된 것에 대한 감개는 여덟 살의 노부오에게는 아직 막연한 것이었다.

드디어 내일이면 가게를 닫는 날이었다.

신페이도 사다코도 단골손님이 들어오면 그 앞에 나란히 서서 정중히 작별인사를 했다.

통통배의 사내들은 그런 인사에 대답하는 것이 특히 서툴렸다.

"안 돼, 안 돼, 니가타에는 안 보낼 거야."

"우린 내일부터 어디서 점심을 먹지?"

"이제 아줌마가 만드는 맛없는 기쓰네우동을 안 먹어도 되겠네."

그렇게 놀리더니 사내들은 잠자코 우동을 먹고는 어색한 듯이 가버렸다.

개중에는 기묘하게 풀이 죽어 있는 노부오의 곁으로 와서 머리를 쓰다듬어주는 사람도 있었다.

"어이, 꼬마! 튼튼하게 자라야 해."

바쁜 낮시간이 지나자 가게에는 손님이 아무도 없게 되었다.

"전쟁 직후에 강가에 가건물을 세우고 장사를 시작하던 때가 생각나는군."

신페이는 절반으로 자른 담배에 불을 붙이며 말했다.

"이제 이 강과도 작별이네."

식탁을 닦으며 멍하니 도사보리 강을 바라보고 있던 사다코가 문득 손을 멈추고 창가로 걸어갔다. 그리고 가만히 강 건너를 바라보며 말했다.

"여보, 기이치네 배가 어디론가 떠나고 있어요."

"응?"

신페이도 주방에서 나와 창가로 갔다. 노부오는 둘 사이에 끼어들어 강을 보았다.

한여름의 태양이 수면에 이글거리고 있었다. 그 위를 한 척의 통통배가 배집을 이끌며 천천히 강변에서 멀어져갔다.

"어디로 가는 걸까?"

사다코가 눈물 어린 목소리로 말했다. 신페이는 잠자코 담배를 문 채 배집에 시선을 주고 있었다.

어느 날 갑자기 노부오 앞에 모습을 나타낸 배집은 지금 다시 어디로 가겠노라고 알리지도 않고 이 강변에서 사라지려 하고 있었다.

"노부오, 안 가봐도 되니? 작별인사 안 해도 괜찮아?"

사다코는 눈이 새빨개져 있었다. 그리고 노부오의 등을 떠밀었다.

"싸운 채로 헤어질 거야? 이제 두 번 다시 만나지 못할 텐데."

"……싸운 게 아냐."

"빨리 가. 빨리 가지 않으면 못 만날 거야."

노부오는 밖으로 뛰쳐나갔다. 뛰어가면서 갑자기 애틋하고 서글픈 느낌이 들었다.

마침 배집은 미나토 교를 지나 강 상류로 올라가려 하고 있었다. 미나토 교 한가운데까지 달려간 노부오는 눈 아래의 배를 향해서 소리쳤다.

"기이치!"

배의 창문은 꼭 닫혀 있었다.

"기이치! 기이치!"

노부오는 배를 따라서 강변길을 달리며 큰 소리로 불렀다.

배 지붕에 버려져 있는 수박 껍질이 햇빛을 반사하고 있었다. 앞에 가는 낡은 통통배의 파열음이 강변에 요란하게 울려퍼졌다. 배집은 선수를 좌우로 힘없이 흔들며 도사보리 강 중앙을 기침이라도 하는 듯한 모습으로 거슬러올라갔다.

"기이치! 기이치!"

노부오는 배를 따라서 하염없이 달렸다. 다리가 있는 곳에 오면 앞질러서 기다렸다. 그리고 눈 아래를 통과하는 배를 향해서 외쳤다.

"기이치! 기이치! 기이치!"

아무리 큰 소리로 불러도 배 안의 가족은 대답해주지 않았다.

다리를 몇 개인가 지나쳤을 때였다. 배 뒤의 물결 속에서 무엇인가 둥글게 빛나는 것이 보였다. 그것이 도대체 무엇인지 노부오는 금방 알아차리지 못했다. 그 빛나는 물체는 노부오의 눈 아래에서 천천히 선회했다.

"……귀신이다."

어느 틈엔가 거대한 잉어가 마치 배를 쫓아가듯이 천천히 강을 거슬러올라가고 있었던 것이다.

"귀신이야! 기이치, 귀신잉어야!"

노부오는 필사적으로 외쳤다. 운동화가 눅진눅진한 아스팔트에 달라붙는 바람에 노부오는 몇 번이나 넘어질 뻔했다.

"귀신이야, 귀신이 뒤에 있어!"

자신들의 니가타 행을 알리는 것도, 작별인사를 나누는 것도, 노부오에게는 이미 관심 밖이었다. 뒤에 귀신잉어가 있다. 단지 그 사실만큼은 어떻게든 기이치에게 알려주고 싶었다.

"기이치, 기이치, 귀신이 있어! 정말이야!"

숨이 차고, 땀이 눈으로 흘러들었다. 노부오는 반쯤 울상이 되어 뜨거운 햇볕 속을 달렸다. 귀신잉어의 출현을 반드시 기이치에게 알리고 싶었다. 단지 그것만을 위해서 노부오는 배를 따라 강변을 올라가고 있었다. 그러나 배는 창문을 꼭 닫은 채 마치 무인선과도 같은 적막감을 풍기며 눈부신 강의 한가운데를 나아가는 것이었다.

정신을 차리고 보니 어느새 강변에는 콘크리트와 벽돌로 지은 건물들이 늘어서 있었다. 그곳은 이미 노부오가 발을 들여놓은 적이 없는 낯선 거리였다.

"기이치, 귀신이야! 정말로 귀신이 뒤에 있어!"

노부오는 마지막으로 다시 한번 힘껏 외치고 결국에는 그곳에서 걸음을 멈췄다.

뜨거운 난간 위에 손을 짚은 채 끌려가는 배집과 그 뒤에 바짝 붙어서 흙탕물 강을 유유히 헤엄쳐가는 귀신잉어를 바라보았다.

반딧불 강

눈

긴조 할아버지가 끄는 수레가 유키미 교를 건너 하치닌마
치를 향해서 떠났다.

눈은 아침 무렵에 그치고, 새하얀 광채가 시가지 전체를
비추고 있음에도 불구하고 도야마의 거리는 둔탁한 잿빛에
뒤덮여 연기가 자욱한 느낌이다.

등을 움츠리고 양손에 입김을 호호 불며 이타치 강 강변
길을 걸어온 다쓰오는 집 앞에 멈춰 서서 이미 땅거미가 지
기 시작하는 강을 바라보았다. 전선에 쌓여 있던 눈이 여기
저기에서 떨어지며 몸을 웅크리고 있는 떠돌이 개를 놀라게

했다.

1962년 삼월 말이다.

서쪽 하늘에 다소나마 붉은빛이 감돌았지만 시가지를 밝혀줄 정도는 아니었다. 그 빛은 두터운 대기층을 통과할 힘을 잃고 오히려 모든 광택을 덮어버릴 듯이 조용히 내려와서 사라졌다. 이따금 미친 듯이 섬광이 비치는 일은 있지만 그것은 단지 기와지붕 위의 눈이나 전차 레일을 한 차례 번뜩이게 하는 정도에 불과했다.

일 년이 지나면 마치 겨울이 전부였던 듯이 여겨진다. 흙이 잔설이고 물이 잔설이며 풀이 잔설이고 또한 햇빛조차도 잔설의 여운이었다. 봄이 있고 여름이 있어도 거기에는 언제나 겨울의 포자가 숨어 있어 이 우라니혼* 특유의 향기를 일 년 내내 풍기고 있었다.

"담배 사러 어디까지 간 거야? 아버지 기다리는데."

부엌 창문에서 엄마 치요가 얼굴을 내밀며 말했다.

"……웅."

다쓰오는 현관 앞에서 고무 장화를 벗어 감나무 가지에 걸

---

* 혼슈 중에서도 대한해협과 가까운 쪽.

어놓았다. 산 지 얼마 되지도 않았는데 벌써 물기가 스며들어 눈길을 걸으면 금세 발가락이 아파온다.

아버지 시게타쓰는 벽에 등을 기댄 채 고타쓰*에 몸을 데우고 있었다. 다쓰오는 담배와 거스름돈을 아버지에게 건넸다.

"담배 사오는 데 한 시간이나 걸리냐?"

"······다케오네 집까지 사러 갔어. 얼마 전부터 걔네 가게에서 담배도 팔거든."

라쿠고** 방송을 하고 있었지만 라디오는 상태가 나빠서 잡음이 심했다. 다쓰오는 고타쓰에 발을 넣고 라디오의 접지선을 핥았다. 혀에 닿을 때마다 잡음이 줄어서 라쿠고의 목소리가 맑게 들렸다. 저녁식사 준비를 하고 있는 엄마 치요의 모습이 젖빛 유리 건너로 보였다.

"나이가 든 거야······"

시게타쓰가 불쑥 말했다. 아버지의 입에서 처음으로 변명 같은 소리가 나온 듯한 느낌이 들어서 다쓰오는 아무 말도 없이 접지선을 핥았다.

"그런 거 핥지 마."

---

* 책상 모양의 난방기구.
** 혼자서 하는 일종의 재담.

"……응."

다쓰오는 접지선 끝을 고타쓰 위에 놓고 바닥에 누웠다. 아버지 냄새가 풍겨왔다. 다쓰오는 아버지 냄새가 싫었다. 그 냄새 주위에는 언제나 서커스 텐트의 모습이 어른거렸다.

도야마 성 공원에서 서커스를 구경했던 날 다쓰오는 아버지 품에 안겨서 돌아왔다. 조금 뒤에서 엄마가 따라오고 있었다. 아직 초등학교에도 들어가지 않은 무렵이었다. 아버지의 목 언저리에 코를 댄 채 졸고 있었다. 잠들면 안 돼, 감기 걸려…… 아버지 목소리에 살짝 눈을 떠보니 저 멀리 알록달록한 텐트와 공중그네의 그림이 보였다. 그때 두 번 다시 서커스 구경은 가지 않겠다고 다짐했다.

다쓰오에게 서커스와 아버지는 아버지의 체취와 동일한 것이 되어 있었다. 아버지 냄새를 맡으면 수년 전의 서커스 텐트를 떠올린다. 공중을 나는 사람의 옷에 보이는 땀자국. 말발굽에 칠해놓은 붉은 페인트. 난쟁이 피에로의 늘어진 볼. 줄타기 소녀의 무뚝뚝한 눈.

서커스 구경 후에 가족은 니시초의 식당에서 식사를 했다. 무슨 얘기 끝에 시게타쓰가 치요를 때렸다. 주위 사람들은 조용히 그들을 지켜보고 있었다. 치요는 고개를 숙인 채 괴로운 듯 웃었다. 다쓰오는 잠자코 아버지와 엄마를 바라보았다. 시게타쓰는 다시 한차례 치요를 때리고는 일어섰다. 아버지 냄새는 다쓰오에게 서커스 텐트의 정경과 식당에 모인 사람들의 눈을 연상케 했다.

"라디오 꺼라."

"……응."

다쓰오는 일어서서 라디오의 스위치를 껐다.

"네가 이젠 열다섯이 됐냐?"

"아니, 열넷이야."

"그러니 내가 늙은 거지. ……너는 내가 쉰두 살 때에 낳았으니까. 이미 틀렸구나 하고 자식을 포기했을 때 생겼거든. 네 엄마에게 그 말을 들었을 땐 깜짝 놀랐지. 몸이 떨릴 정도로 놀랐어……"

다쓰오는 밀폐된 따뜻한 방 안에 있어도 눈이 내리는 기척을 느낄 수 있었다. 조용하면 조용할수록 무엇인가 가슴에 마구 접근하는 듯한 소리가 들리는 것이다. 그 기묘한 청각은 갑자기 키가 크기 시작한 육 개월 전부터 다쓰오의 몸 속에 생겨난 것이었다.

"……눈이 내리기 시작하네. 폭설인가봐."

다쓰오의 말에 아버지는 가만히 귀를 기울이더니 잠시 후 조용히 미소를 띠며 말했다.

"다쓰오, 고추에 털 났니? 어디 좀 보여줘봐."

"싫어. 아직 조금밖에 안 났어."

다쓰오는 몸을 경직시키며 대답했다. 한번 말을 꺼내면 억지로 옷을 벗겨서라도 보고야 마는 아버지였지만 오늘은 단지 미소를 짓고 있을 뿐이었다.

"우시지마 네의 요시오는 벌써 무성한데, 나는 아직 그렇게 안 났어."

"조숙한 놈들치고 변변한 게 없기 마련이지. 빨리 피면 빨리 지는 법이야. 내가 늦었으니까 너도 늦겠지."

"난 올해 들어서 키가 오 센티나 컸어."

"그래? 그렇게나 컸니? 하긴, 변성기 때에는 비 온 뒤에 죽순 자라듯 마구 자라기 마련이니까. 아무리 그래도 올해 안에 스무 살이 될 리는 없겠지만."

그렇게 말하고 시게타쓰는 다쓰오의 뺨을 쓰다듬었다. 아버지의 두툼한 어깨와 가슴이 오히려 다쓰오의 마음을 무겁게 짓눌렀다.

사업이 도산한 것은 일 년 전의 일이었다. 예전의 아버지라면 이미 재기해서 새로운 사업에 몰두했을 것이다.

전후 부흥기에 시게타쓰는 미군으로부터 불하받은 헌 타이어를 대량으로 판매해서 거금을 손에 쥐었고 그와 관련된 자동차 부품에도 손을 뻗쳐 호쿠리쿠에서는 유수의 상인으로 올라섰다. 그는 여세를 몰아 새로운 사업에도 잇달아 손을 댔다. 남들로부터 '인왕님'이라 불리던 시게타쓰는 통이 큰 야심가이기는 했지만 치밀한 사업가는 아니었다.

1953년 무렵을 고비로 손대는 사업마다 부진을 면치 못했건만 그는 숨돌릴 틈도 없이 잇달아 새로운 사업으로 전환해 갔던 것이다. 그리고 어느 단계에 도달하면 결국은 벽에 부딪혀 포기했다. 그때마다 허비해버린 자금은 어느 틈엔가 커다란 빚이 되고 말았다. 문득 초조감을 느끼게 되었을 때 그는 이미 예순을 넘어 있었다.

"예전에 오랫동안 함께 지냈던 하루에라는 처가 있었는데 자식을 낳지 못했지."

하고 시게타쓰는 말했다. 다쓰오는 처음 듣는 말이었다.

"어엿한 처가 있었는데 치요와 나 사이에 네가 태어난 거야. 난 자식이 너무나 갖고 싶었어. 그때 내 나이가 서른만 되었어도 다른 방법을 취했을 거야. 쉰두 살이었으니까 그런 미친 짓을 한 거지. ……아무런 죄도 없는 아내를 헌신 짝처럼 버리는 한이 있더라도 나는 하늘에서 떨어지기라도 하듯이 갑자기 생겨난 아이의 아버지가 되겠다고 생각한 거야."

하루에와 헤어져 치요와 둘이서 도야마의 집으로 옮긴 뒤 며칠이 지난 날 아침의 일이었노라고 시게타쓰는 느릿느릿 말을 이었다. 혀가 약간 꼬인 듯한 말투였다.

"머리맡에서 이상한 소리가 들리잖아. 보니까 아직 날도 새지 않았는데 치요가 없는 거야. 그제서야 그 이상한 소리가 바깥의 강가에서 들리는 네 엄마의 신음 소리라는 걸 깨달았지. 눈길에 맨발로 뛰쳐나가보니까 강가에서 엄마가 괴로운 듯이 토하고 있더군. 입덧이 너무나 심한 탓에 체중이 빠져 오그라든 엄마의 몸이 불길할 정도로 창백하게 빛나는 거야. 웅크린 채로 강물에 토하고 있는 엄마의 모습을 난 오랫동안 지켜봤지. 검게 변했다가 창백해지기도 하면서 강물과 치요의 몸이 분명히 빛을 발했어."

다쓰오는 접시에 남아 있는 건다시마를 입에 물었다. 눈 내리는 소리가 귓전에서 떠나지 않았다.

"그때 난 또 나 자신의 본심을 알 수 없게 되어버렸지."

112

시게타쓰는 손을 뻗어 다시 한번 다쓰오의 뺨을 쓰다듬었다.

"사내녀석이니까 이미 알고 있겠지만, 고추를 너무 자주 만지면 안 돼."

다쓰오는 얼굴을 붉히며 고개를 숙였다. 모든 것을 아버지에게 말해버릴까 하고 생각했다. 그것을 알게 된 것은 아무도 없는 교정이었다는 사실. 나무를 타던 도중에 갑자기 이상한 기분이 들었던 일. 무엇인가에 매달려 비벼대자 그렇게 되었던 일. 그 장면을 누군가에게 들키게 되면 죽는 수밖에 없다고 마음속으로 생각하면서도 솟구치는 열기의 매력에 저항할 수 없었던 일. 그리고 그 순간 발가벗은 히데코가 눈앞에 떠올랐던 일……

"목욕탕에서 뉘야지. 깨끗해서 좋으니까."

시게타쓰는 비틀거리며 일어서더니 소변을 보겠다고 방을 나갔다.

"나중에 시계 밥 줘."

부엌에서 들리는 엄마의 말에 다쓰오가 벽시계의 뚜껑을 열었을 때 아버지가 돌아왔다. 그리고 방문을 닫더니 갑자기 오른팔을 내밀었다.

"다쓰오, 손을 잡아당겨."

아버지의 입술이 심상치 않게 뒤집어져 있었다.

"쥐가 난 거야?"

다쓰오가 팔을 잡은 순간 아버지의 입에서 틀니가 빠져 떨어졌다. 그는 눈을 뒤집고 혀를 내민 채 방바닥에 쓰러지더니 벽에 머리를 기대고 심하게 경련을 했다.

구급차 안은 추웠다. 다쓰오는 들것 위에 누워 있는 아버지 곁에서 부들부들 떨었다. 병원에 도착하자 아버지는 의식을 되찾았지만 오른팔은 움직일 수 없게 되어 있었다.

"쓰러졌을 때의 상황을 기억하고 있습니까?"

의사가 물었다.

"……아니, 전혀 모르겠어요."

"어느 시점까지 기억하십니까?"

"아내가 저녁식사를 준비하고 있었는데, ……그 다음을 기억하지 못하겠군요."

다쓰오는 병실 창문으로 눈을 보고 있었다. 처음 보는 듯한 새하얀 눈이 병원 안뜰에 마구 내리고 있었다.

진찰을 끝낸 의사가 나가자 시게타쓰는 아내와 자식에게 말했다.

"……이젠 나에게 기대하지 마."

치요는 잠자코 남편의 옷깃을 바로잡아주었다. 무엇인가 괴로운 일이 있으면 반드시 입가에 떠우는 독특한 미소가, 고개를 약간 숙인 엄마의 얼굴에 보였다.

의사가 복도로 두 사람을 불러 시게타쓰의 증상을 설명했다. 일과성 뇌일혈이지만 지병인 당뇨가 몹시 심하다는 것이었다. 그런 환자가 일단 경련발작을 일으키면 뇌장애도 잇달아 진행될 위험이 있다고 의사는 말했다.

치요와 다쓰오는 그날 밤은 병원에서 묵고 이튿날 아침 첫 전차로 집에 돌아왔다.

"올 겨울은 기네. 내일부터 사월인데."

현관의 자물쇠를 열면서 치요는 말했다.

일찍 일어난 사람들의 모습이 멀리 보이기 시작했다. 다쓰오는 집 앞에 우두커니 서서 이타치 강을 바라보았다. 강변에 하얗게 쌓인 눈 위로 솟은 메마른 나뭇가지는 물살이 닿는 부분만 검게 보였다.

다테 산에서 시작되는 물줄기는 광대한 논밭을 지나면서 고갈되고 시가지의 구석에 이르러 혼탁해져 언제부터인지 이타치* 강이라고 다소 멸시해서 부르는 이름으로 바뀌었다. 하지만 그것은 올바른 호칭이 아니다. 상류는 다른 이름으로 불리고 다쓰오가 사는 곳보다 훨씬 하류에서는 또다른 이름으로 불리는, 얕고 길며 빈약한 강이었다.

집에 들어서자 생선조림 냄새가 났다. 뚜껑이 열려 있는 벽시계 아래에 시게타쓰의 틀니가 놓여 있었다.

"이거 나중에 갈아입을 옷이랑 함께 가져가. 음식을 제대로 못 씹으면 아버지는 또 신경질 부리고 고함칠 테니까……"

틀니를 손수건에 싼 치요는 자리에 앉아서 잠자코 있었다. 다쓰오는 자기 방으로 들어가 이불을 펴고 그 속으로 들어갔다. 머리까지 완전히 이불을 뒤집어쓴 채 눈을 뜨고 있었다. 지붕 위의 눈이 조금 미끄러져내렸다. 행인의 발소리가 골목에서 강가로 옮겨가더니 이윽고 들리지 않게 되었다.

이불 속의 어둠에서 히데코의 옆모습을 떠올리게 된 지 벌써 일 년이 지났다. 소꿉친구로 초등학교 무렵에는 자주 어울려 놀았지만 중학교에 들어간 이후로는 갑자기 말도 걸지 않게 되었다. 다쓰오는 언젠가 학교 계단에서 훔쳐본 히데코

* 족제비라는 뜻.

116

의 하얀 허벅지를 떠올렸다. 그리고 히데코에게 주려고 책상 속에 숨겨둔 편지를 빨리 태워버려야겠다고 생각했다. 보낼 생각도 없는 편지를, 그는 자주 히데코에게 썼다. 절대로 남들에게 보이고 싶지 않은 부끄러운 내용이 어설픈 문장에 넘치고 있었다. 아니, 편지만이 아니었다. 책상 속에는 그 외에도 남들에게 보여주고 싶지 않은 것들이 가득했다. 그것들은 열기를 머금어 찌든 냄새가 나면서도 풍부한 매력과 자학을 지닌 것들이었다.

앞으로 일 주일만 지나면 새학기였다. 다쓰오는 중학교 삼학년이 된다. 드디어 고교입시를 위한 수험공부가 시작되는 것이다. 대부분의 급우들은 아직 느긋한 모습이었지만 개중에는 갑자기 사람이 변한 듯이 맹렬하게 공부를 시작한 아이도 있다. 세키네 게이타도 그중의 하나이다. 그러나 세키네가 맹렬히 공부하게 된 이유는 주위의 친구들과는 좀 달랐다. 세키네는 히데코가 지망하고 있다는 이유만으로 자기도 역시 같은 현립고교에 진학하기를 원하는 것이었다. 세키네는 그러한 자신의 심정을 친구들에게 결코 숨기려 하지 않았다.

언젠가 다쓰오는 학교에서 돌아오는 도중에 눈이 마구 내

리는 길을 우산도 쓰지 않고 걸으면서 세키네에게 물은 적이
있다.

"너, 정말로 히데코를 좋아하니?"

세키네는 약간 얼굴을 붉히며 대답했다.

"응, 정말로 좋아해. 정말이야."

"모두들 알고 있어. 히데코도 알아. 부끄럽지 않아?"

"좀 부끄럽긴 하지만 좋은 걸 어떡해."

세키네는 머리에 쌓인 눈을 손으로 털고는 얼굴을 찡그리
며 웃었다.

"얼굴이 이렇게 생겼으니 여자가 따르지 않는다고 아버지
가 그랬어."

둘은 어느새 '쓰지사와 치과' 앞을 지나고 있었다. 히데코
의 집이었다. 문기둥 위에 눈이 마치 뒤집어놓은 밥그릇처럼
쌓여 있었다. 다쓰오는 힐끗 세키네의 얼굴을 훔쳐보았다.
어쩌면 세키네 이상일지도 모르는 자신의 심정을 그는 깊이
감추고 있었다.

다쓰오는 놀리듯이 팔꿈치로 세키네의 옆구리를 툭 쳤다.
세키네도 싱긋 웃더니 응수해왔다. 둘이는 몇 차례나 밀치락
달치락하면서 뒤엉켜서 눈 속을 걸었다. 생물시간에 들은

'페로몬'에 대해 도서관에 가서 자세히 조사했다고 세키네가 말했다.

"히데코에게서 좋은 냄새가 나잖아?"

열기를 띤 눈빛으로 세키네는 말을 이었다. 암컷이 몇 킬로미터나 떨어진 곳에 있는 수컷을 유혹하는 페로몬이라는 분비물에 관해서 세키네는 놀라울 정도의 지식을 지니고 있었다.

"곤충만이 아니라 그 외에도 몇 종류나 되는 동물의 몸에서 페로몬이 발견됐어. 바퀴벌레의 경우는 엄청나대. 그걸 이용한 바퀴벌레 퇴치방법도 있지만 그런 화학적인 얘기는 흥이 깨지지."

이어서 세키네는 '정열적이야' 하고 중얼거렸다.

"정열적이야, 히데코의 페로몬은 정열적이라니까."

어렸을 때 다쓰오는 동네 여자아이와 벽장 속에서 놀았다. 세키네의 말에 이끌려서 이제까지 누구에게도 말하지 않았던 일을 다쓰오는 쏟아지는 눈 속에서 얘기했다.

"벽장 속은 캄캄해서 어쩐지 무섭더라구. 유리도 잠자코 이불 위에 엎드려 있었어."

"……언제쯤 일인데?"

"초등학교 이학년 때야."

"헤, 너무 이르잖아."

"유리의 팬티를 벗기고 엉덩이를 만지고 싶어지는 거야."

"……정말로 만졌어?"

"……응, 오랫동안 만지작거렸지. 벽장 속은 캄캄하고 곰팡이 냄새가 났지만 문틈으로 빛이 약간 들어왔으니까. 그러다가 내 손가락을 엉덩이 구멍 속에 넣어보고 싶어졌어."

"……넣었어?"

"넣지 못했어. 유리가 아파했으니까. ……왜 그런 짓을 하려고 했을까? 그것도 페로몬 때문일까?"

"……그럴지도 몰라."

세키네는 다쓰오의 얘기가 끝나자 머리의 눈을 몇 번이나 털어내고는 다시 중얼거렸다.

"……정열적이야."

다쓰오는 그렇게 말하고는 하늘을 올려다보던 세키네의 얼굴을 너무나도 또렷이 기억하고 있다.

이불 속이 따뜻해지자 다쓰오는 갑자기 피로를 느끼고 눈을 감았다. 경련을 일으켜 쓰러지는 순간의 아버지 얼굴이 가슴속에 새겨져 있었다. 이젠 나에게 기대하지 마, 하는 아버지의 목소리가 들리는 듯해서 그는 몸을 뒤척였다. 벽시계가 멈춰 있었기에 집 안에서는 아무런 소리도 들리지 않았다. 다쓰오는 살며시 일어나 옆방을 들여다보았다. 벽시계 아래에 앉아 있는 엄마는 아버지의 틀니를 무릎에 올려놓은 채 가만히 고개를 숙이고 있었다.

사월에 접어들어 닷새째에 다시 폭설이 내렸다.

녹기 시작하던 오래된 눈 위에 새로이 많은 눈이 내려서 하얀 거리는 그 밑이 진흙탕투성이였다.

치요는 시게타쓰가 갈아입을 옷을 갖고 총총걸음으로 정류장까지 가 멈춰 있는 전차에 뛰어올랐다. 생선 냄새가 코를 찔렀다. 빨리 가지 않으면 물건이 상할 거라고 생선 행상인 듯한 노파가 말했다. 차장에게 말하는 건지 자신에게 말하는 건지 알 수 없어서 치요는 정면에 앉아 있는 노파의 얼굴을 들여다보았다. 노파가 힐끗 마주 보자 치요는 당황해서 바깥 경치로 시선을 돌렸다. 가늘어진 눈발 속으로 엣추 한 곤탄(反魂丹)*이라는 커다란 간판이 뿌옇게 보였다.

---

* 복통에 잘 듣는 위장약의 일종.

이제부터 도대체 어떻게 생활해가야 좋을까 하는 생각이 들었다. 빚투성이에다 수입도 전혀 없었다. 직접 일을 하는 수밖에 없지만 생활비에 남편의 입원비를 합하면 상당한 수입이 필요했다. 아직 마흔다섯이라는 생각과 이미 마흔다섯이라는 느낌이 뒤섞여서 지금은 그저 막연할 뿐이었다.

시게타쓰의 전처인 하루에가 그후에 가나자와에서 여관업을 하다가 최근에는 철근으로 지은 커다란 별관을 증축할 정도가 되었다는 소문을 들은 것은 어제였다. 문득 마음이 진정된 치요는 남편에게 그 소식을 전해줘야겠다고 생각했다. 지금 시게타쓰에게는 어쩌면 가장 위로가 되는 얘기일지도 몰랐다.

전차는 느릿느릿 방향을 틀어 니시초 사거리에서 멈췄다. 인부 몇 명이 선로에 서 있었다. 폭설로 선로에 고장이라도 생긴 건지 전차는 멈춰 선 채 움직이려 하지 않았다.

"빨리 가지 않으면 생선이 상할 텐데."

노파가 다시 중얼거렸다. 치요는 무심코 노파의 장화에 붙어 있는 비늘을 바라보았다. 옛날에 눈보라로 멈춰 선 야간열차 속에서 지금처럼 앞에 앉은 행상 차림의 여자가 신은 고무장화를 바라본 적이 있다. 장화에 붙은 생선비늘이 열차 안의 침침한 등불에 반짝반짝 빛나고 있었다. 치요는 그때 비늘에서 반사되던 빛을 선명히 기억하고 있다. 그것은 시게타쓰의 아이를 임신한 그날 밤의 싸늘한 어둠과 이어지는 빛이었다.

치요에게도 헤어진 남편이 있었다. 그리고 그 남편과의 사이에 사내아이가 있었다. 당시 한 살이던 아이는 남편이 데려갔지만, 아이를 포기하더라도 이혼하고 싶다고 주장한 것은 치요 쪽이었다. 지금 그 아이는 스물네 살이 되어 있을 것이다. 어쩐 일인지 지금까지 만나고 싶다는 생각을 해본 적이 없다. 그후 시게타쓰에게로 시집와서 다쓰오라는 아이를 낳았기 때문인지도 모른다. 그러한 자신을, 치요는 이따금 차갑게 여기는 것이다.

헤어진 남편은 철도원이었지만 논밭을 가진 유복한 집의 장남이었다. 친척의 권유로 치요는 스물한 살에 그 사내와 결혼했다. 피부가 희고 여자처럼 입술이 빨간데 굵은 목소리를 지니고 있었다. 당시의 철도원으로서는 드물게 다도와 꽃꽂이 자격증을 갖고 있었고 샤미센과 나가우타*에 능숙했으

---

* 샤미센에 맞춰 부르는 노래.

며 더구나 술꾼이었다. 결혼해서 두 달가량 지났을 무렵이었다. 일이 끝나고 만취해서 돌아온 남편은 어디에 옷을 벗어놨는지 속옷 차림이었다. 그것을 질책하는 치요를 남편은 때리고 발로 찼다. 이튿날은 비번이라서 점심 무렵에 일어난 남편은 숙취에는 이게 최고라며 꽃꽂이를 시작했다. 그 남편의 화사한 기모노 차림을 바라보던 치요는 형언할 수 없는 혐오감에 휩싸였다. 치요는 집을 나와서 다카오카 앞의 고스기라는 곳에 살고 있는 어머니에게 도망쳤다. 그것이 첫 가출이었다. 결핵으로 누워 있는 어머니는 오빠와 둘이서 살고 있었다.

다음 비번 날에 찾아온 남편은 부디 돌아와달라며 방바닥에 이마를 대고 빌었다. 치요는 남편과 함께 돌아갔지만 그것으로 남편의 술버릇이 고쳐진 것은 아니었다. 다시 만취해서 들어오고, 치요가 어머니에게 도망치고, 남편이 데리러 오는, 그런 일이 몇 차례나 되풀이되었다. 아이가 태어나도 그러한 되풀이에는 변함이 없었다. 단지 도망치는 치요의 등에 갓난아이가 업혀 있는 정도의 차이가 있을 뿐이었다.

침을 흘리며 내의 차림으로 만취해 있는 남편과 기모노를 멋지게 차려입고 조용히 꽃꽂이를 하며 차를 마시고 있는 남

124

편을 하나의 존재로 이해하기는 어려웠다. 그렇기에 치요는 그 어느 쪽의 남편도 몹시 싫었다.

아이가 태어난 지 육 개월째였다. 술에 취한 남편이 철도원에게 급료의 일부로 지급되는 쌀을 짊어지고 돌아왔다. 그런데 쌀가마에는 구멍이 뚫려 있었다. 그는 집까지 오는 길에 쌀을 한 톨도 남기지 않고 뿌리며 온 것이었다. 그때 치요는 결심했다. 마침 때를 같이하여 치요의 오빠에게 소집영장이 도착했다. 아버지는 치요가 어렸을 때 죽었다. 병들어 누워 있는 어머니를 혼자 내버려둘 수는 없었다. 이미 전황이 심상치 않은 양상을 띠기 시작하던 무렵이었다.

아이를 데리고 친정에 돌아온 치요는 제삼자를 통해서 자신의 뜻을 남편에게 전했다. 남편은 예전과 다름없이 또 치요를 데리러 왔지만 치요는 끝내 돌아가지 않았다.

육 개월 후에 시아버지와 시어머니로부터 이혼을 승낙한다는 전갈이 왔다. 아이와 교환 조건이었다. 치요는 그래도 좋다고 생각했다. 설령 아이를 잃는다 하더라도 남편과는 헤어지고 싶었다.

치요는 시어머니가 손자를 안고 역 개찰구로 들어가는 모습을 멀리서 지켜보고 있었다. 언제까지고 다리가 후들거렸다. 남편과의 짧은 결혼생활이 끝난 것이다.

전쟁이 끝나고 일 년 후에 어머니가 죽었다. 오빠는 남방에 간 채 소식이 두절되었다. 물자가 부족한 시절이었지만 그래도 번화가에 다시 화려한 불빛이 되살아나기 시작하자 치요는 여주인의 권유로 가나자와의 '다무라'라는 요정에서 일하게 되었다. 게이샤나 접대부가 아니라 여주인을 도와서 계산대에 앉거나 게이샤를 알선하는 것이 일이었지만 치요는 잘 팔리는 게이샤보다도 인기가 있었다. 치요가 잠자코 곁에 앉아 있으면 게이샤를 부를 필요도 없다며 웃음 짓는 손님들에 둘러싸여 어느새 그녀는 이 세계의 완전한 주민이 되어갔다. 그리고 당시 호쿠리쿠에서 갑자기 이름이 알려지기 시작한 미즈시마 시게타쓰와 알게 된 것이다. 전쟁이 끝나고 삼 년가량 지났을 무렵이었다.

전차는 다시 천천히 움직이기 시작했다. 레일 곁의 인부가 차장에게 손을 흔들며 외쳤다.

"하루 종일 제설작업이야!"

"차표 검사하는 것보다는 낫잖아!"

젊은 차장도 큰 소리로 대답했다. 인부들의 웃음소리가 다시 쏟아지기 시작한 눈 속으로 사라져갔다.

병원은 낡은 목조건물로, 시게타쓰가 있는 병동은 햇빛이 들지 않아 대낮에도 전등이 켜져 있었다. 병원 특유의 강렬한 소독약 냄새는 없었지만 그 대신에 땀과 과즙이 뒤섞인 듯한 냄새가 가득했다.

"피냄새야."

시게타쓰는 내뱉듯이 말했다. 치요가 껍질을 벗겨서 준 사과 한 조각을 계속 입 안에서 우물거리고 있었다.

"왜 안 씹는 거예요?"

"틀니가 맞지 않아서 그래. 저런 건 내다버려."

시게타쓰는 종이에 싸서 침대 곁에 둔 틀니를 발로 찼다. 입가에 묻은 약가루를 치요가 손으로 닦아주자 시게타쓰는 말했다.

"그 어음을 오모리에게 갖고 가."

몇 년이나 입에 올린 적이 없는 친구의 이름이었다.

"하지만⋯⋯"

"내 사정을 자세히 알고 있을 거야. 그러니까 결제가 안 되는 어음이란 걸 잘 알면서도 녀석이라면 할인해줄 거야. 이걸로 미즈시마 시게타쓰의 역할은 끝입니다, 잘 부탁합니다, 하고 머리를 숙이면 돼."

치요는 시게타쓰의 마비된 오른팔을 어루만졌다. 아무런 힘도 없는 미지근한 팔이었다. 시게타쓰는, 다쓰오는 어떻게 지내냐고 물으며 눈 내리는 바깥 경치를 보았다. 아들이 병원에 자주 모습을 보이지 않는 데에 불만을 품고 있는 것이었다.

"당신을 닮아서 소심하고 신경질적인 주제에 무슨 짓을 할지 짐작을 할 수가 없어요. 그 아이도 어딘가 불구예요."

그 점은 나를 닮았어, 하며 시게타쓰는 웃었다.

눈발이 다시 가늘어진 듯했다.

"마지막 큰눈일 거예요."

치요는 그렇게 말하고는 아차 하는 생각이 들었다. 시게타쓰에게는 정말로 마지막 큰눈이 될지도 몰랐다.

"요즘 자주 떠오르더군, 어렸을 때의 일이. ……아마도 여름이었지."

시게타쓰는 이제까지 어린 시절의 추억에 관해서 얘기한 적이 한 번도 없었다.

"매미가 울고 있는데, 난 돌담 그늘에 숨어서 누군가를 기다리고 있었어. 돌담 틈에서 작은 뱀이 기어나오더니 다른 틈으로 꿈틀꿈틀 숨어드는 거야. 그런 건 개의치 않고 난 꼼짝도 않은 채 누군가를 기다리고 있었어. 무척이나 더운 날이었지. 그 녀석이 가까이 오면 '와!' 하고 큰 소리를 질러서 놀라게 해주려는 것이었는지, 아니면 그 녀석이 오는 게 무서워서 그냥 가만히 숨어 있었는지, 그걸 도저히 기억할 수가 없는 거야. 다섯이나 여섯 살 무렵인 것은 확실한데."

"또 옛날 얘기로군요."

치요는 애써 웃음을 지으며 말했다. 자기에게도 어렸을 때에 그것과 비슷한 일이 있었던 듯이 여겨지기도 했다.

"도대체 누굴 기다리고 있었던 걸까? 아무리 생각해도 기억이 나지 않았어. 그런데 어젯밤부터 차츰 생각이 나더군. 제대로 바라볼 수 없을 정도로 눈이 부신 길모퉁이에 그 녀석의 발이 살짝 보이는 데까지 생각이 났지."

시게타쓰는 그렇게 말하고는 입을 다물어버렸다. 치요는 하루에 이야기를 하려 했지만, 어쩐 일인지 역시 입을 다문 채 하염없이 바깥의 눈을 바라보았다. 호쿠리쿠의 어두운 대기가 옆으로 천천히 이동하고 있었다.

잠에서 깨어난 순간부터 다쓰오는 가슴속으로 사월의 큰눈이다, 사월의 큰눈이다, 하고 외치고 있었다. 사월에 큰눈이 내리면 그해에는 반드시 반딧불이를 잡으러 가자고 긴조 할아버지와 약속한 것은 다쓰오가 초등학교 사학년이 되던 해였다.

"반딧불이 내리는 거야. 본 적이 없지? 반딧불이 무리 말이야. 무리가 아니라 덩어리라고 하는 게 맞겠지. 이타치 강 아주 상류에, 넓은 논만 잔뜩 있는 곳보다 훨씬 더 저편에, 사람이 아무도 살지 않는 곳에서 반딧불이가 태어나는 거란다. 이타치 강도 그 언저리는 물이 맑거든. 아무튼 굉장히 많은 반딧불이야. 큰눈처럼 이쪽저쪽에서 반딧불이 쏟아지지."

과장된 몸짓으로 떠벌리는 긴조에게 매달려서 다쓰오는 몇 번이고 반딧불이 얘기를 해달라고 조른 적이 있다.

"물론 다른 사람들은 모르지. 그 반딧불이 무리를 본 사람은 별로 없으니까."

"할아버지는 봤어?"

어린 다쓰오의 질문에 긴조는 진지한 표정으로 대답했다.

"봤지, 봤지, 봤고말고. 딱 한 번. 굉장해, 그 정도면 귀신이나 다름없지. 술이 확 깨더라니까."

"데려가줘. 나도 꼭 데려가줘."

"아니, 안 돼, 절대 안 돼. 여간해선 볼 수가 없거든. 사월

에 큰눈이 내릴 정도로 겨울이 긴 해가 아니면 반딧불이가
마구 난리를 치지 않아."

"사월에 눈이 내리면 되는 거야?"

"아니, 그냥 눈이 내리면 소용없어. 큰눈이 내려야지, 눈
이 휘둥그레질 정도로 큰눈이."

다쓰오가 긴조에게서 반딧불이 얘기를 들은 지 벌써 오 년
이 지났지만 사월에 큰눈이 내린 적은 없었다. 그래서 아침
식사를 끝내자마자 다쓰오는 허겁지겁 하치난마치에 있는
긴조의 작업장으로 달려갔다. 이미 한차례 작업을 끝낸 긴조
는 대팻날을 갈고 있었다. 올해로 일흔다섯 살이 되는 목수
였다.

"큰눈이야. 할아버지, 사월에 큰눈이 내렸어."

"그래, 굉장한 눈이로구나……"

"올해는 어때, 응? 올해는 반딧불이가 나타날까?"

영차, 하고 일어난 긴조는 작은 여닫이문을 열고 회색 하
늘을 주시했다. 불어드는 바람에 작업장의 대팻밥이 휘날
렸다.

"……음, 반딧불이가 나타난다면 올해겠지."

다쓰오의 목과 뺨이 뜨겁게 달아올랐다. 초등학교 때, 만

약 그런 해가 온다면 함께 반딧불이를 잡으러 가자는 약속을 히데코와 했던 것이다.

긴조는 여닫이문으로 얼굴을 내민 채 하염없이 눈을 바라보고 있는 다쓰오의 어깨를 두드렸다.

"어서 닫아, 추우니까."

뒤돌아보니 짧게 깎은 긴조의 백발이 마침 다쓰오의 눈높이에 있었다. 어느새 다쓰오는 긴조보다 키가 커져 있었다. 정월에 만난 이후로 다쓰오는 오랫동안 긴조의 작업장에 놀러 온 적이 없었다.

"아버지는 어떻게 지내니?"

긴조가 물었다.

"그저 그래."

"될 수 있으면 아버지 곁에 있어드려라."

긴조는 화로에서 떡을 구우며 온화한 눈빛으로 다쓰오를 바라보았다.

"……응."

"아들이 스무 살이 될 때까지는 절대로 죽지 않겠다는 게 네 아버지의 입버릇이었지."

다쓰오는 분명히 아버지를 피하고 있었다. 늙어서 초췌해진 아버지가 싫었던 것이다. 난로에서 튀어오르는 불똥이 무수한 반딧불로 변하여 다쓰오 앞으로 날아내렸다. 다쓰오는 손으로 떡을 뒤집으며 애써 웃었다.

"아버지는 죽지 않을 거야."

"물론이지, 죽을 리가 있나. 네가 어른이 돼서 행복해진 다음에 죽을 거야."

어른이 될 때까지는 아직도 어마어마하게 긴 시간이 걸릴 것 같았다.

"할아버지, 반딧불이 무리가 나오건 안 나오건 올해는 같이 반딧불이 잡으러 가. 한 마리도 없어도 좋으니까 아무튼 잡으러 가자."

"그래, 꼭 데리고 가마. 다쓰오와 한 약속을 지금 지키지 않으면 이 할아비도 언제 죽을지 모르니까."

긴조의 작업장을 나선 다쓰오는 하치닌마치에서 니시마치 쪽으로 걸어갔다. 니시마치에서 전차를 타고 병원으로 갈 작정이었다.

아이들이 눈을 쌓아올려서 비스듬히 비탈을 만들어놓고 그 위에서 미끄럼을 타고 있었다. 모두들 대나무를 반으로 잘라 그것으로 간단한 스키를 만들었다. 초등학교 시절에는 다쓰오도 겨울이 되면 그렇게 놀았지만 한번 나자빠져서 뇌진탕을 일으킨 후로 그만두었다.

상점가 바로 앞에서 누군가 부르는 소리가 들렸다. 세키네 게이타였다. 어느새 세키네의 집 앞을 지난 것이었다. 세키네는 이층 창문에서 얼굴을 내밀고 손을 흔들었다.

"어디 가?"

"병원에."

"잠깐 들렀다 가지 않을래?"

세키네의 집은 양복점이었다. 하루 종일 재봉틀 소리가 울려대는 탓에 다쓰오는 그 집 이층 방에 들르기가 꺼려졌다.

도수가 높은 안경을 낀 그애의 아버지까지 웃으면서 가게 안에서 들어오라고 손짓해 다쓰오는 어쩔 수 없이 안으로 들어갔다.

"아버님 건강은 어떠시냐?"

세키네의 아버지가 물어왔다. 언제나 털로 짠 조끼 차림에 수건을 이마에 두르고 목에는 줄자를 걸치고 있었다. 한쪽 귀가 잘 들리지 않기 때문에 다쓰오는 커다란 목소리로 아버지의 상태를 설명했다. 세키네의 아버지는 고개를 끄덕이며 안경을 추켜올렸다.

"다쓰오도 현립 고등학교를 지망할 거니?"

다쓰오는 아직 결정하지 못했다. 고등학교에 진학할 수 있을지 다소 의문이었다. 하지만 이젠 나에게 기대하지 마, 라는 아버지의 말은 오히려 면학의욕을 부채질했다.

게이타는 열심히 공부하기 시작했어, 하며 그 아버지는 웃었다. 그리고 목소리를 낮추어 재밌다는 듯이 속삭였다.

"난 알고 있지. 저 녀석의 공부에는 딴마음이 있는 거야. 어느새 성에 눈을 떴거든, 한심한 놈……"

세키네의 어머니는 이 년 전에 병으로 세상을 떠나고 지금은 부자 단둘이었다. 치요와 함께 장례식에 참석한 다쓰오는 출관 때 갑자기 관에 매달려 사람들의 시선도 아랑곳 않고 통곡하던 세키네 아버지의 자그만 모습을 지금도 역력히 기억하고 있다.

"난, 저 녀석이 중학교를 졸업하면 양복 만드는 일을 가르칠 생각이야. 빨리 어엿한 직인이 되려면 그렇게 하는 게 좋겠지."

이층에서 내려온 세키네가 턱짓으로 다쓰오를 불렀다. 다쓰오는 세키네와 함께 좁은 계단을 올라갔다.

"우리 아버지가 뭐라고 그랬니?"

"네가 죽어라고 공부하기 시작했다고."

"아버지는 내가 고등학교에 가는 걸 반대해. 양복장이를 하더라도 앞으로는 교양이 필요한데 말이야. 우리 아버지는 교양이 없어."

그러자 밑에서 그의 아버지가 외치는 소리가 들렸다.

"뭐가 교양이야? 네 본심은 훤히 알고 있다구!"

게이타는 당황해서 방문을 닫았다.

"어째서 이런 소리는 잘 듣는 거지? 한쪽 귀가 먹은 주제에."

게이타의 분해하는 얼굴이 다쓰오는 우스웠다.

"교양이 없다니까."

아래층을 가리키며 게이타는 얼굴을 찡그린 채 되풀이했다. 그러자 다쓰오는 웃음을 참지 못해 다다미 바닥을 뒹굴었다.

"뭐가 그렇게 우스워?"

퉁명스런 표정으로 의자에 앉은 게이타는 잠시 다쓰오를 보고 있다가 문득 생각이 난 듯 책상 서랍을 열더니 작은 상자를 꺼냈다.

"아무에게도 말하면 안 돼."

상자 안에는 사진 한 장이 들어 있었다. 게이타는 그것을 다쓰오에게 건넸다. 히데코가 벚꽃 아래에서 웃고 있었다.

"이거, 어떻게 된 거야?"

게이타는 웃으며 대답하지 않았지만, "히데코에게서 받은 거야?" 하는 다쓰오의 질문에 싱긋 웃으며 고개를 끄덕였다.

"정말로 히데코가 너한테 준 거야?"

"정말이야. 이건 히데코가 도야마 성에서 찍은 사진이야. 얼마 전에 나한테 줬어. 노력한 보람이 있었지."

"……그래?"

다쓰오는 다시 한번 사진을 들여다보았다. 그 사진은 실제의 히데코보다도 훨씬 어른스럽고 아름다워 보였다. 게이타는 다쓰오의 손에서 사진을 빼앗더니, 때가 묻어, 때가 묻는다구, 하고 중얼거리며 다시 상자에 집어넣었다.

"거짓말! 히데코가 너한테 사진을 줄 리가 없어."

다쓰오는 정색을 하며 그렇게 말했다.

"넌 남의 얼굴을 뚫어져라 보면서 어떻게 그런 실례되는 소릴 하냐? 그건 나에 대한 모욕이야."

"……뭐, 얼굴을 보고 말하는 건 아니야."

"됐어. ……그런데 히데코는 정말 예쁘지? 너도 그렇게 생각하지 않니?"

"응…… 히데코는 예뻐."

만약 너도 히데코를 좋아하냐는 질문을 받았더라면, 다쓰오는 망설임 없이 그래 좋아해, 하고 대답했을 것이다.

좀더 놀다 가라고 세키네 아버지가 말했지만 다쓰오는 서둘러 그 집을 나왔다. 전차를 타지 않고 긴 눈길을 걸어서 아버지가 있는 병원으로 갔다. 이 눈이 녹으면 봄이 되고, 나는 중학교 삼학년이 되어 열심히 공부해야 하리라고 생각했다. 기묘한 흥분이 다쓰오의 발걸음을 재촉했다.

잦아들었다가 다시 마구 퍼붓다가 하면서 눈은 좀처럼 그칠 기색을 보이지 않았다. 행인들은 모두 흰 눈을 뒤집어쓴 외투 속에 몸을 움츠리고 바삐 걸었다.

다쓰오는 눈을 걷어찼다. 그는 태어나서 처음으로 이 음산하게 내리는 눈을 원망했다. 강하게 부는 바람을 타고 눈보라가 다쓰오의 얼굴과 가슴에 몰아쳤다. 이타치 강의 훨씬 상류에 쏟아진다는 반딧불이의 무리가 동화 속의 현란한 그림이 되어 그 순간 다쓰오의 내부에서 한껏 부풀어올랐다.

벚꽃

잠에서 깬 다쓰오는 베개에 귀를 대고 강물 소리를 들었다. 분명히 봄이었다. 지금부터 오월 중순경까지의 짧은 기간 동안 이타치 강의 수량은 풍부하다. 하지만 올해에 한해서 다쓰오는 그 이타치 강의 빠른 물살에서 특별한 소리를 듣고 있었다. 뭔가 미미하게 터지는 듯한 그런 소리였다. 겨울밤에도 다쓰오는 이런 식으로 조용히 내리기 시작하는 눈의 기척을 느꼈던 것이다. 그는 물소리에 귀를 기울이면서 눈 내리는 소리를 떠올렸다. 몸 속에 근지러운 듯한 느낌이 전해오자 다쓰오는 다시 잠시 동안 선잠이 들었다.

일요일이었다. 다쓰오는 오늘 다카오카시에 사는 오모리 가메타로라는 아버지의 친구 집에 가기로 되어 있었다. 어음 한 장을 돈으로 바꿔오기 위해서였다. 일요일에 찾아뵙겠다는 치요의 말을 가로막고 다쓰오를 보내라고 한 것은 오모리 쪽이었다. 다쓰오는 그냥 돈만 받아오면 된다는 엄마의 말을 마지못해 받아들였다. 한 번도 만난 적이 없는 오모리라는 사내가 어째서 굳이 자신을 부른 것인지 마음에 걸렸다.

"빨리 일어나지 않으면 약속시간에 늦을 거야."

엄마가 다쓰오의 이불을 들추었다. 다쓰오는 정신을 차리고 느릿느릿 일어나 우물물로 얼굴을 씻었다. 다쓰오는 자신의 코가 예전보다 커진 듯한 느낌이 들어서 몇 번이고 손가락으로 만져보았다. 콧방울과 콧대가 예전에 비해 단단해져 있었다. 그런 말을 하자 치요는 다쓰오의 코를 잡고 웃으며 말했다.

"요전에는 젖꼭지가 딱딱해져서 아프다고 계집애 같은 소리 하더니 요번에는 코냐?"

그러고는 예절을 잘 지키고 말투에도 신경을 쓰라고 몇 번이나 다짐을 받았다.

치요는 다쓰오와 함께 유키미 교에서 전차를 타고 도야마 역까지 따라와서 다카오카까지의 차표를 샀다. 도쿄며 오사카 등으로 향하는 기차의 발차시각을 안내하는 역무원의 목소리가 스피커에서 흘러나오는 역내는 일요일인데도 혼잡했다. 다카오카까지는 약 한 시간 거리였지만 다쓰오에게는 아주 먼 곳으로 떠나는 듯한 느낌이 들어서 긴장이 됐다.

"돈은 여기에 싸서 잘 갖고 와야 해."

치요는 다쓰오의 학생복 호주머니에 보자기를 쑤셔넣으며 엄한 눈빛으로 말했다.

　"아버지가 올 한 해를 제대로 버틸 수 있을지 모르겠지만 그 돈은 병원비와 너의 고등학교 진학을 위해서 필요한 거야. 오모리 씨가 묻거든 솔직하게 그렇게 대답하면 돼."

　"……응."

　"앞으로는 엄마가 일을 나갈 테니까 걱정할 건 없어. 엄마는 일하는 걸 정말로 좋아하거든."

　"……응."

　중요한 용건으로 혼자 기차를 타고 다카오카까지 가는 불안감은 엄마의 평소와 다른 이런 모습 덕분에 사라져버렸다. 엄마는 이제까지 그렇게 단호한 어조로 말을 한 적이 없었다.

　다카오카에 도착한 것은 정오가 약간 지났을 무렵이었다. 다쓰오는 엄마가 그려준 약도에 의지해서 역전의 길을 서쪽으로 걸어갔다. 바람이 심하게 불어 봄날의 햇살 속에 모래먼지가 날리고 있었다.

　오모리의 집은 쉽게 찾을 수 있었다. 상점가가 끝나는 곳에서 왼쪽으로 가자 검은색 담의 집이 있고 그 지붕에 '오모리 상회'라고 적힌 간판이 붙어 있었다. 유리문을 열고 인사를 하자 웬 남자가 사무소와 방을 구분하는 커다란 포럼을 들추며 얼굴을 내밀었다.

"멀리서 오느라고 수고했네."

오모리는 사무소 구석의 응접실로 다쓰오를 안내했다. 검게 빛나는 갑옷이 커다란 유리장 속에 장식되어 있었다. 굵은 눈썹과 입술 사이에 가느다란 눈알을 박아놓은 듯한 얼굴에 숱이 하나도 없는 머리는 복숭앗빛을 발하고 있었다. "멀리서 오느라고 수고했네" 하고 같은 말을 되풀이한 오모리는 잠자코 다쓰오를 바라보더니 크게 웃으며 말했다.

"아버지와 아주 닮았군."

다쓰오는 마음이 진정되지 않았다. 이런 때에 무슨 말을 어떻게 해야 좋을지 몰랐다. 그는 봉투에 든 어음을 호주머니에서 꺼내어 오모리에게 건넸다.

"어머니에게 얘기는 들었네."

그렇게 말하며 오모리는 봉투를 그대로 다쓰오 앞으로 되밀었다.

"이건 돈으로 바꿀 수 없는 그냥 종잇조각이니까 갖고 돌아가."

다쓰오는 어찌할 바를 몰라 그냥 잠자코 있었다. 오모리에게 솔직하게 돈의 용도를 밝히라고 엄마가 말했지만 다쓰오는 제대로 말을 꺼낼 수가 없었다. 갑옷 옆의 벽에 다쓰오의 키와 비슷한 크기의 벽시계가 있었다. 그 시계에는 '축 개점, 미즈시마 시게타쓰'라는 금문자가 새겨져 있었다.

"아, 이건 내가 여기에서 장사를 시작할 때 자네 아버님께서 축하하는 뜻에서 주신 거야. 자네가 태어나기 훨씬 전이지."

오모리는 큰 소리로 그렇게 말하더니, 이번에는 소리를 낮추었다.

"그냥 종잇조각을 돈으로 바꾸지 않더라도 직접 내가 필요한 만큼 돈을 마련해주면 되겠지. 그래서 난 자네에게 돈을 빌려주려는 거야."

다쓰오는 오모리가 하는 말의 의미를 제대로 이해할 수 없었다. 한시라도 빨리 집으로 돌아가고 싶었다. 오모리는 방으로 모습을 감추더니 잠시 후 만년필과 편지지를 갖고 다시 돌아왔다. 그리고 금고에서 돈을 꺼냈다.

"자네에게 빌려주는 거야. 그러면 되겠지?"

다쓰오의 눈에서 눈물이 넘쳐흘렀다. 기쁜 게 아니었다.

그렇다고 해서 슬픈 것도 아니었다.

"어른이 된 후에 갚아도 됩니까?"

다쓰오는 필사적으로 눈물을 참으며 물었다.

"응, 물론이지. 어른이 돼서 돈을 벌게 된 이후라도 좋아. 돌려줄 돈을 마련했는데 내가 죽고 없으면 돌려줄 필요 없어. 단지 자네가 오늘 나에게 돈을 빌렸다는 사실은 확실히 해둬야지."

오모리는 두 장의 차용증을 썼다. 무이자로 무기한, 채권자가 사망했을 때에는 대차관계가 소멸한다는 단서를 오모리는 커다란 글자로 덧붙여 적고 자신의 도장을 찍었다. 다쓰오는 시키는 대로 성명을 쓰고 엄지에 인주를 묻혀 손도장을 찍었다.

"아직 어린 나이에 혼자서 나를 만나러 오다니 제법이야. 마음놓고 쉬었다 가게나. 오늘은 집사람이 가게 직원들을 데리고 벚꽃놀이를 가서 아무것도 대접할 수가 없군."

오모리는 말을 이었다.

"미즈시마 시게타쓰가 얼마나 더 대단한 인물이 될지 무서울 정도였는데, 어느 순간부터 갑자기 운이 기울기 시작하더군. 머리가 좋고 배짱이 두둑해서 정말로 뛰어난 인물이었

144

는데, 갑자기 운이 기울어버린 거야. 운이란 생각할수록 끔찍해. 자네는 아직 잘 모르겠지만, 이 운이란 것이 인간을 바보로 만들기도 하고 현명하게 만들기도 하거든."

자네 아버지와 나는 바로 자네 정도의 나이 때부터 사귀게 됐지, 하고 중얼거리며 오모리는 다시 방 쪽으로 갔다. 다쓰오는 책상 위의 차용증과 빨갛게 물든 자신의 엄지손가락을 바라보고 있었다.

"이걸 봐, 자네 아버지와 함께 찍은 거야."

돌아온 오모리는 세피아 톤 사진을 다쓰오에게 보여주었다. 두 명의 젊은이가 벚나무 밑에 어깨동무를 한 채 앉아 있었다. 한 사람은 모자를 쓰고 행전을 두른 다리에 군화를 신고 있었고, 또 한 사람은 머리에 수건을 두르고 웃통을 벗고 있었다. 오모리는 웃통을 벗은 젊은이를 손가락으로 가리켰다.

"이게 자네 아버지야, 열여덟 살 때지."

"……그렇습니까?"

다쓰오는 그 까까머리의 젊은이를 자세히 들여다보았다. 분명히 자신과 생김새가 아주 비슷했다. 봄날의 햇살 아래 눈이 부신 듯 눈살을 찌푸리고 있는 아버지의 젊은 피부는 하얗게 빛나고 있었다. 그리고 같은 나이의 청년 오모리의 눈은 짙은 눈썹 아래에서 잠자코 사진기를 노려보고 있었다.

"이건 말이야," 하고 오모리는 목소리를 죽였다. "이건 둘이서 처음으로 여자들과 어울린 다음날이었어."

오모리는 뭔가 더 얘기하려다가 그만 입을 다문 채 잠자코 그 사진을 바라보았다.

그리고 잠시 후 다쓰오는 오모리의 집을 나섰다. 오모리는 역까지 바래다주며 매점에서 초콜릿을 사주었다. 그리고 갑자기 말투를 바꾸더니, 또 만납시다, 하고 정중하게 크게 머리를 숙여 인사했다. 다쓰오도 작별인사를 하며 머리를 숙였다. 학생모가 땅바닥에 떨어져 나뒹굴었다.

도야마 성의 벚꽃은 아직 만개하지 않았지만 물이 부옇게 변색된 도랑에는 수초가 파릇파릇 반짝이고 있었다.

치요는 신문사 건물을 나서서 도야마 성 앞까지 걸어가 그곳에서 잠시 휴식을 취했다. 신문사 사원식당에서 종업원을 모집하는 것을 보고 면접을 보러 간 것이었다. 설령 채용된다 하더라도 출근할 수 있을지 걱정이었다. 열흘 전에 다시

발작을 일으킨 시게다쓰는 오른팔뿐 아니라 오른쪽 다리의
기능도 마비되고 말았다. 지금까지는 간신히 혼자서 화장실
에 갈 수 있었지만 완전히 오른쪽 반신을 움직일 수 없게 되
면 누군가가 항상 곁에 있어주어야만 한다. 간병인을 고용할
돈은 없고, 그렇다고 해서 치요가 하루 종일 곁에 붙어 있을
수도 없는 노릇이었다. 아무리 빚쟁이라 하더라도 병원까지
찾아오지는 않았지만 사흘이 멀다 하고 집으로 몰려와 이웃
에 들릴 정도로 큰 소리를 질러대곤 했다. 개중에는 두세 명
'청부업자'라 불리는 자들도 있어 일부러 밤중에 찾아와서
큰 소리로 돈을 갚으라고 윽박지르는 것이었다. 집과 토지
그리고 역전에 있는 사무실을 빨리 처분하여 금액이 큰 빚부
터 먼저 해결하고 싶었다. 게다가 모자는 무엇보다도 하루하
루의 생활비에 쪼들렸다. 그러나 시게타쓰가 움직이지 못하
게 되자 치요는 일을 하고 싶어도 할 수 없는 상태에 놓이게
되었다.

치요는 도랑을 건너 성문으로 들어가 자갈길을 걸었다.
도랑에 낚시를 하러 온 아이들이 치요의 곁을 달려 지나갔
다. 가족 동반이며 젊은 남녀들의 들뜬 목소리가 이곳저곳의
벚꽃 아래에서 들려왔다.

어두운 하늘 아래 천수각 용마루의 광택이 기묘하게 눈부셨다. 치요는 늙은 벚나무 밑에 앉았다. 마침 그 자리에서는, 성의 돌담 그늘에서 누군가를 기다리는지 기모노 차림으로 혼자 오도카니 서 있는 서른 전후의 여자가 보였다. 이미 오래 전부터 그곳에 와 있는 듯 여자의 표정에는 가벼운 초조감이 풍겼다. 치요는 크게 심호흡을 했다. 그리고 드문드문 떨어지는 벚꽃 사이로 마냥 그 여자를 바라보았다. 그곳에서 확실히 알아볼 수는 없었지만, 여자의 외투에 새겨진 수선화 모양의 작은 꽃들이 구름 낀 하늘 아래에 노랗게 늘어서 있는 모습이, 뜻하지 않게 치요의 가슴에 깊은 인상을 주었다.

십오 년 전 겨울, 치요는 도야마 역 대합실에서 시게타쓰를 기다리고 있었다. 약속시간이 훨씬 지났기에 치요는 몇 번이나 돌아가려고 했다. 그대로 돌아가버린다면 시게타쓰는 더이상 쫓아올 사내가 아니라는 사실을 치요는 알고 있었다. 대합실을 나온 치요는 개찰구 쪽으로 가서 홈에 정차해 있는 전차를 바라보았다. 후쿠이 방면에서 늦게 들어오는 열차는 모두 지붕이 두터운 눈으로 덮여 있었다. 차체와 유리창에 잔뜩 달라붙어 있는 눈은 멀리 저편에서 휘몰아치는 엄청난 눈보라를 짐작게 했다. 커다란 보따리를 짊어진 여자들이 개찰구로 들어감과 동시에 귀환병인 듯한 사내 두세 명이 두터운 외투에 몸을 감싼 채 빠른걸음으로 빠져나갔다. 역 구내에는 어디선가 아이들의 울음소리가 울려퍼졌다. 어두운 홈은 젖어 있었고 여기저기에 눈덩이가 흩어져 있었다. 치요는 시계를 보았다. 그때 누군가가 어깨를 탁 쳤다. 미즈시마 시게타쓰가 성난 듯한 얼굴로 서 있었다.

"대합실에 없길래 돌아가버린 줄 알았지."

시게타쓰는 니가타 행 차표를 샀지만, 처음으로 응석 부리는 듯한 몸짓을 보이며 에치젠에 가고 싶다고 조르는 치요의 말에 선선히 행선지를 변경했다.

예상대로 기차는 다이죠지 바로 앞에서 멈췄다. 눈보라 때문에 언제 움직이게 될지 짐작도 할 수 없었다. 열차가 멈추자 차내는 스팀의 열기가 식어가면서 대신에 앞좌석에 앉아 있던 행상하는 한 여자의 주변에서 생선 비린내가 풍기기 시작했다. 여자의 몸뻬와 고무장화에는 수많은 비늘이 붙어 있었다.

"춥지 않아?" 하고 시게타쓰가 귓가에서 속삭였다. 다리가 좀 춥다고 말하자 시게타쓰는 선반에서 자신의 외투를 내려서 치요의 무릎을 덮어주었다. 그 순모 외투는 모든 사람들의 시선을 집중시킬 정도로 선명한 노랑색이었지만 시게타쓰의 다부진 체구와 날카롭게 째진 눈에는 신기할 정도로 잘 어울렸다. 어쩌면 치요는 이토록 화려한 외투를 거리낌 없이 걸치는 한 사업가의 오만할 정도의 기세에 부녀지간 정도의 연령차도 잊은 채 이끌렸던 것인지도 모른다.

기모노를 입은 여자가 이쪽으로 걸어오는 것을 알아차리고 치요는 정신이 들었다. 약간 떨어진 곳에 사내가 서 있었다. 스물네댓 살가량의 안색이 좋지 않은 사내였다. 여자가 치요의 앞을 지나치면서 사내에게 말하는 소리가 들렸다.

"어쩔 수 없었어요, 애가 열이 나서⋯⋯"

사내는 양복 윗도리를 벗어서 여자에게 건네더니 가슴 호주머니에서 넥타이를 꺼내어 맸다. 여자가 하는 말에서 치요는 서글픔을 느꼈다. 치요는 일어나서 왔던 길을 되돌아 걸었다. 상춘객 한 사람이 노래를 부르고 있었다. 젖먹이가 술자리 뒤의 어질러진 돗자리 위에 누워서 울고 있었다. 치요는 총총걸음으로 걸었다. 갓난아이의 울음소리가 싫었다. 치요와 시게타쓰가 탔던 야간열차 속에서도 갓난아이가 울고 있었다.

사십 분 가까이 정차해 있던 열차가 다시 눈 내리는 벌판

을 달리기 시작하자 이번에는 갑자기 차량 뒤에서 갓난아이
가 울음을 터뜨린 것이었다.

열차가 흔들릴 때마다 여자의 장화에 붙은 비늘이 날카롭
게 빛났다. 아무런 맥락도 없이 치요는 그 무수한 빛에서 수
년 전에 헤어진 아이의 가느다란 목덜미를 떠올리고는 흠칫
놀라서 자세를 고쳐 앉았다. 그 바람에 무릎에 걸치고 있던
시게타쓰의 외투가 미끄러져내렸다.

"오늘은 후쿠이에서 묵을 거야. 에치젠 곶에는 내일 갈 거
고. 그러면 되겠지?"

에치젠에 가고 싶다고 말은 했지만, 치요는 에치젠 곶이
라고 한 기억은 없었다. 그래서 시게타쓰의 표정을 살폈다.
바깥의 어둠을 향하고 있는 시게타쓰의 얼굴이 유리창에 또
렷이 비치고 있었다. 시게타쓰는 그렇게 가만히 치요를 보고
있었던 것이다. 치요는 유리창에 비치는 시게타쓰와 눈을 맞
추었다. 시게타쓰에게 품고 있던 어떤 막연한 감정이 그 순
간 연정이라는 확고한 형태로 바뀌어 치요의 가슴속에 자리
잡게 된 것이었다.

그날 밤은 후쿠이 시내에 숙소를 잡았다. 시게타쓰는 평
소보다 훨씬 말수가 적었다. 식사를 끝내고 고타쓰 앞에 앉

은 치요는 이따금 바람에 휘날리는 눈발이 지붕이며 벽이며 유리창에 거세게 부딪치는 소리를 듣고 있었다. 어둡군, 하고 시게타쓰가 말했다.

"게이샤라도 부를까……?"

치요는 싫다고 했지만 시게타쓰는 손바닥을 쳐서 지배인을 불렀다. 너무 늦었습니다, 이제부터 오는 게이샤는 재능이 없는, '그것' 전용입니다, 하고 말하며 지배인은 웃었다. 지배인은 일단 물러가더니 잠시 후에 다시 돌아왔다. 만약 괜찮으시다면 샤미센을 쳐드리겠다는 여자가 있다고 전하는 것이었다.

"그래? 그럼 부탁하네."

시게타쓰는 그렇게 말하며 고타쓰 속에서 치요의 발목을 잡았다.

지배인에게 안내되어 쉰 살가량의 자그만 여자가 방으로 들어왔다. 맹인으로 두 눈은 희뿌연 색을 하고 있었지만 에치젠의 고제*라고 불리는 사람과는 또다른 종류의 여자인 듯했다.

---

* 가무를 직업으로 하는 여자 맹인.

여자는 잠자코 머리를 숙여 인사를 하더니 얼굴을 약간 천장으로 향한 채 잠시 동안 가만히 있었다. 무엇인가 냄새를 맡고 있는 듯한 느낌이 들어서 치요는 불안했다.

여자는 그 외모와는 전혀 다르게 격렬한 손놀림으로 짧은 곡을 연주하고는, "노래도 부를까요?" 하고 물었다.

"아니, 노래는 됐어. 계속해서 아무거나 연주해줘. ……그리고 아까 주문한 술은 필요 없어."

지배인이 물러가자 여자는 크게 숨을 쉬어 호흡을 가다듬고 이어서 발목(撥木)* 끝을 한 번 핥았다. 그리고 다시 격렬하게 연주하기 시작했다. 소름이 끼칠 정도로 맑은 음색이었다. 치요는 어느새 맹인 여자가 자아내는 어둡고 힘찬 가락 속으로 끌려들어갔다. 시게타쓰도 치요의 발목을 잡은 채 여자의 손놀림에 시선을 주고 있었다. 밤이 깊어 지배인이 데리러 올 때까지 여자는 계속해서 샤미센을 연주했다. 얼굴에서 목으로 몇 줄기의 땀을 흘리면서 샤미센의 현을 두드리는 여자의 입술이 미미하게 움직이고 있었다. 치요에게는, 아직, 좀더, 하고 중얼거리는 듯이 여겨졌다. 노란 전등 불빛이

---

* 샤미센의 현을 쳐서 울리는 나무토막.

샤미센의 소리와 더불어 서서히 어두워져갔다. 한 방울은 투명하지만 여러 방울이 어울리면 납빛으로 변한다 — 맹인 여자의 손놀림 하나하나는 에치젠 바다의 물방울과 같아서 이싸늘한 방의 공기를 한층 어둡고 차갑게 바꾸어갔다.

"이렇게 많이 연주한 건 전쟁이 끝나고 처음이에요."

여자가 말했다. 시게타쓰는 금액을 확실히 밝히면서 여자에게 돈을 지불했다.

"지배인에게는 당신이 답례할 필요 없어."

시게타쓰는 데리러 온 지배인에게도 돈을 주었다.

두 사람은 그 이튿날 에치젠 곶까지 갔다. 시시각각 어두운 빛을 더해가며 부서지는 하늘과 바다는 어디가 경계선인지 구별할 수가 없었다. 눈도 하늘을 향해서 거꾸로 소용돌이치고 있었다.

"어째서 이런 곳에 오고 싶었어요?"

치요는 목도리로 얼굴을 감싼 채 시게타쓰의 귓가에 입을 가까이 대고 웃었다.

"이런 곳에 오자고 말하지 않았는데."

"무슨 소리야? 에치젠 곶에 오고 싶다고 했잖아?"

"아니요, 그냥 에치젠에 가자고 했어요."

154

바닷가에는 눈으로 뒤덮인 민가들이 드문드문 내리는 눈발을 받으며 늘어서 있었다. 그 집들은 눈과 바람 속에 어둡게 잠겨 있었다.

파도 소리 속에서 치요는 샤미센 소리를 들었다. 해조음인가 하고 귀를 기울였다. 파도를 향해서 파고드는 바람이 우연히 만들어낸 소리일까……?

샤미센 소리가 들린다고 말하자 시게타쓰도 고개를 끄덕였다.

"응, 분명히 들리는군."

두 사람은 바다를 바라보았다.

"굉장한 바다야……"

움직임을 멈춘 시게타쓰의 두 눈은 어젯밤 맹인 여자가 연주하는 샤미센에 귀를 기울이던 때의 쓸쓸한 듯한, 그러면서도 무엇인가를 확실히 응시하고 있는 듯한 빛을 띠고 있었다.

"수선화가 핀대요."

치요는 들뜬 듯이 말했다. 어디선가 그런 얘기를 들은 적이 있었던 것이다.

"수선화가 핀대요. 이 부근 일대에, ……그것도 겨울에."

그렇게 말한 치요는 해안을 살폈지만 자그만 꽃잎은 어디에도 보이지 않았다.

함박눈이 내리자 두 사람은 몸을 움츠리며 바닷가를 떠났다.

두 달 후, 치요는 자신이 임신한 것을 알았다. 그러나 그당시의 자신의 심정을 잘 기억할 수가 없었다. 단지 아내를 버리고 집과 재산을 버리더라도 자신의 남편이 되려 했던 쉰두 살의 사내에 대해서 치요는 일종의 공포심 같은 것을 느꼈던 것은 기억하고 있다. 아이를 포기하면서까지 남편과 헤어진 여자가, 아내를 버리고라도 아이의 아버지가 되겠다는 사내한테 시집온 것이었다. 치요는 음식점에서 일하던 무렵의 기묘한 허탈감과 외로움을 떠올렸다. 그리고 자신은 시게타쓰에게 아무것도 기대하지 않았던 것이 아닌가 하는 생각에 잠겼다. 치요는 때때로 그 에치젠 곶에서의 대화를 되새긴다.

'무슨 소리야? 에치젠 곶에 오고 싶다고 했잖아?'

'아니요, 그냥 에치젠에 가자고 했어요.'

그리고 에치젠의 거친 바다와 휘날리는 함박눈 속에서 아련히 울려퍼지는 샤미센 소리가 두 사람의 귀에 들렸던 일을

156

떠올리는 것이다.

비가 내려 젖은 얼굴에 벚꽃잎이 달라붙었다. 붉은 기운이 전혀 없이 꾀죄죄한 꽃잎이었다. 몇몇 상춘객 무리는 이미 돗자리를 걷어들고 뛰어가고 있었다. 치요도 총총걸음으로 전차 정류장까지 서둘러 갔다. 뒤돌아보니 방금 전의 남녀도 함께 달려오고 있었다. 치요와 같은 전차에 탄 두 사람은 숨을 헐떡이며 치요의 옆에 앉았다. 치요는 힐끗 여자를 보았다. 하오리*도 기모노도 고급스럽고 품위가 있었지만 몇 차례나 다시 염색한 옷이라는 것을 한눈에 알 수 있었다. 물장사인 듯한 느낌은 전혀 없었지만 여자에게서는 어쩐지 퇴폐적인 냄새가 풍겼다. 오가다 만난 전혀 알지도 못하는 사람에게 이토록 신경이 쓰이는 것은 치요로서는 처음 있는 일이었다.

문득 제정신이 들어 보니 여자도 치요를 보고 있었다. 두 사람은 동시에 눈길을 피했다. 치요는 점차로 안정감을 잃어갔다. 오모리가 어음할인에 관해서 대답을 얼버무렸던 일을 떠올리자 갑자기 불안해졌다. 치요는 도야마 역에서 내

---

* 기모노의 겉에 입는 방한용 외투.

렸다. 다쓰오가 돌아오기를 몇 시간이고 기다릴 작정이었다. 좁은 병실에서 자신을 기다리고 있을 시게타쓰의 모습이 떠올랐다. 가만히 있을 수가 없어서 치요는 개찰구 앞을 오락가락했다. 약 한 시간가량 지나 비가 그쳤을 무렵 플랫폼 저편에서 몇몇 승객에 섞여서 걸어오는 다쓰오를 발견했다. 다쓰오는 치요를 발견하자 보라색 보따리를 치켜들고 웃으며 달려왔다.

'함께 낚시 가지 않을래? 진쓰 강에 좋은 곳이 있어' 하고 적힌 작은 쪽지가 다쓰오에게 전달되었다. 뒤돌아보니 세키네 게이타가 선생님에게 들키지 않게끔 교과서로 얼굴을 가리고는 눈짓을 보내고 있었다. 토요일이라서 수업은 오전에 끝났다.

다쓰오가 학교를 나서자 세키네가 자전거를 타고 쫓아왔다.

"안 갈래?"

"아니, 오늘은 볼일이 있어."

"볼일이 뭔데?"

"너랑 상관없는 일이야."

걸어가고 있는 다쓰오의 주위를 세키네는 자전거를 타고

빙글빙글 맴돌았다.

"왜 화가 났어?"

"아니, 화나지 않았어. ……너, 공부 안 해도 괜찮아?"

세키네는 자전거에서 내려 다쓰오와 나란히 걷기 시작했다. 자전거 뒤쪽에는 낚싯대를 싣고 있었다.

"우리 아버지가 나한테 고등학교 가지 말고 중학교 졸업하면 가나자와에 가라고 하셨어."

"……가나자와?"

"응, 가나자와에서 아버지 친구가 양복점을 하고 있거든. 거기에서 삼 년쯤 재봉 일을 배우라는 거야. 그래서 어젯밤 싸웠지. 역시 우리 아버지는 교양이 없어. 내 엉덩이를 힘껏 발로 걷어차잖아. 나도 멋지게 업어치기로 응수했지."

"……그래?"

"그래서 난 오늘 집에 돌아가지 않을 거야. 그렇게 말하고 나왔어. 그냥 가벼운 저항이지. 툭하면 사람을 걷어차는 몰상식한 행동에 일격을 가하는 거라구."

세키네는 가방 속에서 작은 상자를 꺼내어 다쓰오의 코앞에 내밀었다. 요전에 보았던, 히데코의 사진이 들어 있는 상자였다.

"이거, 너 줄게. 히데코의 사진이야."

"……왜?"

"너, 샘냈잖아. 내가 히데코의 사진을 갖고 있으니까."

"무슨 소리야, 내가 무슨 샘을 내?"

다쓰오는 당황해서 부정했지만 자신의 얼굴이 붉어지는 것을 느꼈다. 세키네는 싱긋 웃으며 소리를 죽여 말했다.

"이거, 사실은 히데코에게서 받은 게 아냐. 훔친 거야."

"……훔쳤다고?"

"아무에게도 말하지 마. 청소당번이라서 늦게까지 남았을 때 히데코의 책상 속을 보니까 히데코가 잊고 간 공책이 하나 있는 거야. 펼치니까 이게 들어 있더라구. 그래서 몰래 갖고 온 거야."

"그럼 그렇지, 훔친 거로구나. 이상하다고 생각했어."

"그래, 냉정하게 생각해봐. 히데코가 나한테 사진을 줄 리가 없잖아."

웃고 있는 다쓰오를 엿보며 세키네가 말했다.

"나에게 솔직히 고백하면 이 사진을 줄 수도 있어. 너 히데코 좋아해?"

다쓰오는 잠자코 있었다. 세키네는 그런 다쓰오의 머리를 쿡 쥐어박았다.

"히데코 사진, 갖고 싶니? 응, 갖고 싶어? 갖고 싶다고 말하면 정말로 줄게."

"……갖고 싶어."

"히데코를 좋아해?"

다쓰오는 상자를 노려보며 끄덕이고는 세키네의 손에서 그것을 받아들었다. 열어보니 정말로 그 히데코의 사진이 들어 있었다.

"왜 나한테 주는 거야?"

다쓰오는 세키네에게 물었다.

"우정의 표시야. ……앞으로도 계속해서 나랑 친구로 지내는 거야. 훗날 어른이 되더라도 진정한 친구로 지내자. 알았지?"

"……응."

갑자기 부끄러워하며 엉뚱한 곳을 바라보는 세키네에게 다쓰오는 고개를 끄덕이며 대답했다. 세키네는 함께 낚시를 가지 않겠냐고 물었지만 다쓰오는 병원에 가서 엄마와 교대를 해야 했다.

"괜찮아, 나 혼자 갈게. 진쓰 강 바로 옆에 비밀장소를 발견했거든."

"비밀장소라니, 어딘데?"

"아무도 모르는 곳이야. 다음에 가르쳐줄게."

다쓰오는 자전거 페달을 힘껏 저어가는 세키네의 모습을 바라보았다. 세키네의 모습이 보이지 않게 되자 상자 뚜껑을 열어 몇 번이고 히데코의 사진을 들여다보면서 전차 정류장까지 걸어갔다.

완전히 움직일 수 없게 된 시게타쓰는 외관상의 기능장애보다도 훨씬 깊은 부분의 쇠약이 현저했다. 두번째 발작과 동시에 시게타쓰는 급격히 언어능력을 상실해갔다. 실어증이었다. 의사는 앞으로도 증상이 더욱 나빠질 것이라며 이미 회복불능이라는 사실을 은근히 알려주었다.

그날 밤 다쓰오는 병원 병실에서 말을 못 하는 아버지에게 말을 걸었다. 오모리 아저씨가 아버지의 젊은 시절 사진을 보여줬다고 말하자 시게타쓰는 얼굴을 찡그리며 그냥 웃고 있었다. 이쪽의 뜻이 제대로 전해지고 있는지도 잘 모르는 채 다쓰오는 한마디 한마디 성의껏 얘기를 계속했다.

"긴조 할아버지와 반딧불이를 보러 갈 거야. 반딧불이가 굉장한 무리를 이루고 있대. 반딧불이는 언제쯤 나오는 걸까?"

시게타쓰는 입을 벌리고 말을 하려 애쓰는 듯하더니 이윽고 다쓰오의 입을 바라보며 말했다.

"……없어."

"없어?"

돌아가라는 뜻인가 하고 다쓰오는 생각했다. 하지만 시게타쓰는 왼손으로 다쓰오의 벨트를 붙잡고 있었다.

"돌아가도 돼?"

시게타쓰는 도리질을 하듯이 고개를 젓더니 다시 무엇인가 생각에 잠겼다. 그러한 아버지의 모습에서 다쓰오는 정체를 알 수 없는 공포와도 같은 것을 느꼈다.

"반딧불이를 보러 갈 거야. 이타치 강 상류에 마치 눈이 내리듯이 반딧불이가 날아다닌대."

"반딧불이…… 반딧불이가, 다쓰오에게……"

시게타쓰는 필사적으로 말을 내뱉었다.

"마치 눈이 내리는 것처럼 반딧불이가 날아다니는 거야."

"눈이…… 반딧불이야. 눈이, 반딧불이야."

미소짓는 시게타쓰의 두 눈에 눈물이 어렸다. 시게타쓰는 웃음과 울음이 섞인 표정으로 언제까지고 같은 말을 되풀이

했다.

"눈이, 반딧불이야. ······눈이, 반딧불이야."

다쓰오는 벨트에서 아버지의 손을 떼어내려고 일어섰다. 어디에 이런 힘이 남아 있을까 싶을 정도로 시게타쓰의 손가락은 다쓰오의 벨트를 꽉 쥔 채 놓지 않았다. 시게타쓰는 울고 있었다. 아이처럼 울면서 다쓰오를 끌어당겨서 그 배에 자신의 얼굴을 비볐다. 다쓰오는 무서웠다. 자기에게 매달려 몸부림치며 울고 있는 아버지에게서 한시라도 빨리 도망치고 싶었다.

"나, 숙제가 남아 있어."

하고 다쓰오는 거짓말을 했다.

"곧 엄마가 올 거야. 돌아가야 해."

그리고 아버지의 손목을 잡고 힘껏 허리를 당겼다. 간신히 시게타쓰의 손가락이 떨어졌다.

다쓰오는 전차에서 내려 유키미 교 곁에 서서 어둠 속의 이타치 강을 바라보았다. 달빛 아래에 분명히 반짝이는 것이 있었다. 강가의 풀에 가려져 있는 듯한 부분이 자그맣게 빛나며 허리띠처럼 길게 뻗어 있었다. 아직 반딧불이가 나올 계절은 아니었지만 다쓰오는 황급히 손을 더듬으며 무성한 풀숲 아래로 내려갔다. 밤이슬에 무릎 아래가 금세 축축이 젖었다. 강가에는 아무것도 없었다. 반사되는 빛에 속은 것이었다. 잔잔한 강물이 달빛을 받으며 아련히 빛나고 있을 뿐이었다. 다쓰오는 언제까지고 강가에 서 있었다. 상류 쪽을 바라보니 다리 밑이 역시 노랗게 반짝이고 있었다. 아버지의 우는 얼굴과, 운이란 생각할수록 끔찍한 거지, 하는 오모리의 말이 무겁게 짓눌러왔다.

다쓰오는 그 이튿날 세키네 게이타가 진쓰 강에 빠져죽었다는 소식을 이웃에 사는 급우에게 전해들었다. 그 소년은 아침 일찍 선생님에게 연락을 받고 같은 반 학생들의 집을 하나하나 돌면서 전해주는 것이라고 말했다. 급우는, 장례식은 내일 낮부터야, 라고 말하고 서둘러 돌아갔다.

"거짓말. 그래, 거짓말일 거야."

다쓰오는 떨리는 손으로 자전거 자물쇠를 열고는 세키네의 집을 향해서 타고 갔다. '기(忌)'라고 적힌 종이가 가게 유리창에 붙어 있었고 사람들의 출입도 많았다. 입구 쪽에 급우 하나가 서 있었다. 다쓰오는 그 곁으로 가서 물었다.

"세키네가 죽었다는 거 정말이야?"

급우는 잠자코 고개를 끄덕였다.

"왜 죽었대?"

"신문에도 났잖아, 진쓰 강 옆의 용수로에 떠 있었다고."

"용수로?"

"응, 혼자 낚시하러 갔다가 실수로 빠진 것 같다고…… 아무도 본 사람이 없으니까 확실한 건 알 수 없다고 적혀 있었어."

진쓰 강의 강물을 끌어들인 깊은 용수로가 있다는 사실은 다쓰오도 알고 있었다. 그곳이 비밀장소였는가 하고 다쓰오는 생각했다.

다쓰오는 집으로 돌아와서 우물물을 잔뜩 마셨다. 그리고 벽장 속에 숨어들었다. 어째서 그러는 것인지 자신도 몰랐다. 벽장문을 닫고 좁은 벽장 안에서 몸을 웅크린 채 틈새로 들어오는 빛을 응시했다. 어른이 되더라도 진정한 친구로 지내자. 세키네의 목소리가 어둠 속에서 들려오는 듯했다. 자신도 함께 낚시하러 갔더라면 세키네는 안 죽었을까 하고 생각했다. 몸을 좌우로 비틀며 낡은 자전거를 열심히 저어서 길 저편으로 사라져가는 세키네의 뒷모습이 다쓰오의 가슴에 떠올랐다. 다쓰오는 자기 이외에 아무도 없는 집의 벽장에 몸을 숨긴 채 언제까지고 앉아 있었다.

열흘 가량 지났을 무렵 세키네의 아버지에 관한 소문이
돌기 시작했다. 사람을 보면 세키네의 아버지는 무서운 얼
굴로 교양이 없다며 욕을 한다는 것이었다. 처음으로 이상
한 낌새를 눈치챈 것은 옷을 맞추러 간 손님이었다. 세키네
의 아버지는 기운이 없고 초췌해져 있었지만 일하는 모습은
전혀 변함이 없었다. 그런데 손님이 다소 까다로운 주문을
하자 흘기는 눈초리로 노려보면서 '너는 교양이 없어!' 하
고 내뱉듯이 외치더니 들고 있던 줄자를 손님에게 집어던졌
다는 것이었다.

소문을 들은 동네 사람이 찾아가 보니 세키네의 아버지는
작업실 벽을 향해 앉은 채 이따금 '교양이 없어' 하고 중얼거
리며 분명히 이상한 모습을 보였다.

교양이 없어 ─ 그 말은 교실 내에서 얼마간 유행어가 되
었다. 선생님의 질문에 대답하지 못하거나 교재를 잊고 오
거나 하면 반드시 누군가가 그 학생을 가리키며 '교양이 없
어' 하고 놀렸다. 다쓰오는 결코 그런 장난에 가담하지 않
았다.

뒤늦게 피었던 벚꽃도 지고 이젠 전혀 봄이라 할 수 없는
햇살이 이 호쿠리쿠의 거리를 비추기 시작할 무렵 다쓰오는

자전거를 타고 진쓰 강변의, 세키네 게이타의 시체가 떠 있었다는 용수로까지 가보았다. 검은 수초로 뒤덮인 용수로에는 들여다보면 저절로 탄성이 나올 정도로 수많은 물고기가 헤엄치고 있었다.

다쓰오는 용수로 가에 걸터앉아 세키네에게서 받은 히데코의 사진을 꺼냈다. 그 상자에는 사진과 함께 오모리 가메타로와의 사이에 작성한 차용증도 접어서 넣어두었다. 다쓰오는 상자를 풀 위에 내려놓고 드러누웠다. 그리고 사진 속의 히데코를 바라보았다. 그 웃는 얼굴은 아무리 자주 꺼내어 보아도 질리지 않았다. 웃고 있어도 히데코의 입술은 포근하고 부드럽게 느껴졌다. 세키네라면 분명히 당당하게 히데코를 향해서 함께 반딧불이를 잡으러 가자고 말을 걸었을 것이다. 히데코의 사진도 오모리가 보여줬던 아버지의 청년 시절 사진도 모두 한결같이 커다란 벚꽃 아래에서 찍은 것이라는 점에 다쓰오는 기묘한 느낌을 품고 있었다.

수초에 걸려 있는 짚 위에 나비가 앉아 있었다. 용수로 한가운데에서 검정과 노랑의 정교한 무늬가 바람에 흔들렸다. 다쓰오는 용수로 가에 엎드려 살짝 팔을 뻗었다. 하마터면 물에 빠질 뻔한 다쓰오는 당황하며 자세를 바로하고 다시 팔

168

을 뻗어보았다. 나비는 죽은 듯이 움직이지 않았다. 아무리 자세를 바꾸어보아도 손이 닿지 않는 것이었다. 다쓰오는 포기하고 일어섰다. 정체를 알 수 없는 분노와 슬픔이 솟구쳤다. 눈앞의 나비가 세키네 게이타를 죽인 듯이 여겨졌다. 다쓰오는 나비를 향해서 돌을 던졌다. 용수로 위를 수면에 닿을 듯 말 듯 날아가는 나비를 향해서 '교양이 없어' 하고 중얼거려 보았다. 다쓰오는 풀 위에 누워서 눈부신 하늘을 보았다. 먼 하늘에 솔개가 유연하게 원을 그리며 날고 있었다.

반딧불

교정 구석의 수돗가에서 수도꼭지에 입을 대고 물을 마시고 있는 다쓰오의 머리 위에서 '어머!' 하는 소리가 들렸다. 다쓰오가 얼굴을 들자 같은 반의 여학생이 미소를 지으며 서 있었다.

"방금 히데코도 거기에서 물을 마셨어. 히데코, 분명히 좋아할 거야……"

"바보, 괜한 소리 하지 마."

다쓰오는 입과 턱을 적신 채 교정을 달려갔다. 어디를 향해서 달리고 있는지 몰랐다. 그 여학생의 뜻하지 않은 말에 얼굴이 뜨거워졌다.

수업이 시작되자 다쓰오는 창가 자리에 앉아 있는 히데코를 몇 번이고 훔쳐보았다.

다쓰오는 수업이 끝나자 교실을 나와 복도를 걷고 있는 히데코를 뒤에서 불렀다.

"긴조 할아버지가 반딧불이를 잡으러 가재. 너도 함께 가지 않을래?"

"……그 반딧불이 말이야?"

히데코는 긴조의 이야기를 기억하고 있었다.

"응, 올해는 반드시 나올 거래. 올해에 놓치게 되면 언제 다시 나올지 모른다고 긴조 할아버지가 그랬어."

히데코는 원래 말수가 적은 소녀였다. 다쓰오의 어깨 쪽으로 눈을 주면서 잠자코 생각하고 있었다. 중학교에 들어와 이렇게 둘이서 대화를 나누는 것은 처음이었다.

"언제 가는데?"

"……아직 몰라. 모심기를 시작하는 무렵에 한창이라던데."

"엄마에게 물어볼게."

"너희 엄마는 안 된다고 하실 게 뻔하잖아."

"……아냐, 반대하진 않을 거야."

"너는 가고 싶어?"

"응…… 가고 싶어."

같은 또래의 소녀들에 비해서 히데코는 그다지 키가 큰 편은 아니었지만 그래도 한때는 다쓰오보다 컸던 때가 있었다. 다쓰오가 늦된 탓도 있지만 지금 이렇게 함께 서보니까 어느새 다쓰오 쪽이 훨씬 커져 있었다.

다쓰오는 문득 히데코에게 세키네에 관해서 이야기하고 싶은 충동을 느꼈다. 자신의 앞에서 영원히 모습을 감춰버린 친구도 역시 자신과 마찬가지로, 아니 어쩌면 자신보다도 훨씬 강렬하게 히데코에게 이끌렸던 것이다.

"세키네가 네 사진을 갖고 있었어."

다쓰오는 히데코에게 말했다. 히데코는 결코 세키네를 나쁘게 생각하지 않으리라는 확신이 있었다.

"……사진?"

"응, 네 책상에서 훔친 거래."

생각났다는 듯 히데코는 눈을 동그랗게 뜨고 먼 곳으로 시선을 돌렸다. 햇빛이 쏟아지는 길을 자전거를 타고 멀어져 가는 세키네 게이타의 마지막 모습을 떠올리자 다쓰오는 갑자기 히데코에 대해서 무방비상태가 되어갔다.

"그 사진, 내가 세키네한테서 받았어. 우정의 표시라며 준 거야."

그때 급우들이 복도 저편에서 오는 모습이 보였다. 다쓰오는 당황해서 히데코에게 말했다.

"반딧불이 잡으러 갈 거니?"

"응, 갈게. 엄마한테 물어볼게."

다쓰오는 달려서 교실로 되돌아갔다. 누군가가 말을 걸어도 그에 대답하는 다쓰오의 목소리는 언제까지고 흥분되어 있었다.

다음 수업이 시작되자마자 직원이 교실로 들어와 선생님에게 무엇인가 귓속말로 속삭였다. 선생님은 다쓰오의 자리까지 오더니, "교문에서 어머님이 기다리시니까 가봐" 하고 작은 소리로 말했다. 다쓰오는 그 순간 아버지가 죽는가보다고 생각했다. 급우들은 교실을 나서는 다쓰오를 일제히 바라보았다. 창가에 있는 히데코의 얼굴이 뿌옇게 보였다.

교정 주위를 빙 둘러싼 나무들의 새싹이 구름 낀 하늘 아래에 흔들리고 있었다. 다테 산의 잿빛 꼭대기만이 멀리 앞쪽 하늘에 마치 구름처럼 솟아 있었다.

"아버지 상태가 좋지 않아. 의사 선생님 말씀이 하루나 이틀밖에 버티지 못할 거래."

치요는 다쓰오를 보자마자 달려와서 그렇게 말했다.

모자는 니시초까지 걸어가 그곳에서 전차를 기다렸다. 화려한 번화가 속에서도 영화관 간판과 백화점의 현수막이 한층 두드러져 보였다.

다쓰오는 이대로 병원에 가지 않고 번화가를 언제까지고 걷고 싶었다. 알지도 못하는 가족들의 뒤를 몰래 미행하거나, 책방 주인의 눈을 의식하면서도 끈질기게 서서 책을 읽거나, 한산한 영화관 안에서 상영중인 영화에 몰두하면서 오징어를 씹거나 하는 것이, 어쩐지 몹시 행복한 일인 듯이 여겨졌다. 처음 느끼는 이상한 감정이었다. 전차에 올라타자 그 진동의 일정한 선율에 맞춰서 다쓰오는 어느 틈엔가 '아버지가 죽는대, 아버지가 죽는대' 하고 가슴속으로 중얼거리고 있었다.

"네가 어른이 돼서 행복해진 다음에 죽을 거야."

그러자 언젠가 긴조 할아버지가 한 말과, 웃통을 벗어부치고 벚나무 밑에서 친구와 어깨동무를 하고 눈부신 듯이 눈살을 찌푸리고 있는 열여덟 살의 아버지 모습이 하나로 합쳐져서 떠올랐다. 전차는 빠른 속도로 달리고 있었다. 다쓰오는 손잡이에 매달려 앞뒤로 크게 흔들리면서 창 밖의 조용한 거리를 보고 있었다. 죽음과 행복, 이 두 가지에 대한 막연한 불안감이 갑자기 파도처럼 몸 속에서 솟구치자 다쓰오는 갑자기 "왁!"하고 큰 소리를 지르며 뒤집어질 듯한 자신을 억눌렀다.

구름이 살짝 걷히자 오월의 햇빛이 인가의 지붕을 비추기 시작했다. 세키네 게이타의 다소 처진 듯한 눈과 크고 둥근 코가 눈앞에 어른거려서 견딜 수가 없었다. 검은 수초를 전신에 휘감고 깊은 용수로의 맑은 물 위에 엎드려서 죽어 있는 모습이, 마치 또렷이 본 것처럼 머리에 그려졌다. 수면 위에 솟아올라 말라버린 한 그루의 수초 위에서 날개를 쉬고 있던 커다란 나비의 정교한 색상과, 방금 전까지 이마에 가볍게 땀이 솟은 얼굴로 다쓰오의 어깨를 바라보며 서 있던 히데코의 체취가 전차의 격렬한 진동과 더불어 교차하고 있었다.

"네가 태어났을 때……"

하고 엄마가 말했다. 평소에는 별로 혈색이 좋지 않은 엄마의 뺨이 어쩐 일인지 홍조를 띠며 빛나고 있었다.

"아버지는 안경을 끼고 너의 손바닥이랑 발바닥을 살폈어. 자기와 손금이 똑같다며 한참 동안 들여다보는 거야. 이 콩알 같은 발이 정말로 가죽구두를 신고 걸을 수 있게 될까, 그때까지 자기는 살아 있을 수 있을까…… 쉰두 살에 첫아이를 보고 정신을 못 차린다고 사람들이 놀려도 개의치 않고 너를 무척이나 귀여워했어……"

"스모를 해도 절대로 져주지 않았는걸."

다쓰오는 손잡이를 잡고 있는 자신의 팔에 얼굴을 기대고 말했다. 어째서 져주지 않는지 이상하게 생각하면서 몇 번이고 달려들었던 당시의 일이 그리웠다.

"……정말로 한 번도 져주지 않았지."

병원 입구에서 이미 얼굴이 익숙해진 중년 간호사가 기다리고 있었다. 새벽녘부터 크게 코를 골기 시작하더니 그 이후로 한 번도 눈을 뜨지 않았다는 것이었다.

간호사는 총총걸음으로 병실로 들어가더니 혼수상태에 빠진 시게타쓰의 양쪽 어깨를 세게 흔들었다.

"이렇게 몇 번이나 불렀는데…… 이미 의식이 없었어요."

그리고 다시 한번 어깨를 흔들더니 시게타쓰의 귀에 대고 외쳤다.

"미즈시마 씨, 미즈시마 씨, 사모님이에요. 아드님도 왔어요."

단 하루 사이에 놀랄 정도로 수척해진 시게타쓰는 그때 살짝 눈을 떴다. 간호사가 "앗!" 하고 외치고는 치요와 다쓰오를 쳐다보았다. 시게타쓰는 얼굴을 찡그리며 울었다. 소리도 내지 않고 눈물도 흘리지 않고, 그래도 최대한으로 얼굴 근육에 힘을 주며 울었던 것이다.

치요는 시게타쓰의 손을 꼭 잡고 그 입에 귀를 가까이 댔다. 남편이 울면서 무엇인가 중얼거리는 듯한 느낌이 들었던 것이다.

"……하루."

하고 시게타쓰는 다시 한번 분명히 그렇게 말했다. 그리고 다시 잠에 빠져들었다. 치요의 몸에 쥐어짜는 듯한 통증이 스쳐갔다. 끊임없이 눈물이 넘쳐흘렀다. 치요는 남편에게 매달려 외쳤다.

"걱정 말아요. 아무것도 걱정할 필요가 없어요. 하루에 씨는 장사도 번창해서 행복하게 살고 있대요…… 여보, 걱정

176

하지 않아도 돼요."

남편의 '……하루'라는 말 한마디가 헤어진 전처를 의미한다고 치요는 확신하고 있었다. 아무리 닦아도 눈물은 치요의 턱으로 흘러내렸다.

그 이튿날 정오 가까이 의자에 앉아서 졸고 있던 다쓰오가 시게타쓰의 죽음을 알아차렸다. 치요도 마찬가지로 잠시 동안 잠에 빠져 있었기에 모자는 언제 시게타쓰가 숨을 거뒀는지 몰랐다.

칠일재가 끝나고 이틀 후의 일요일, 다쓰오의 집에 손님이 두 명 찾아왔다. 한 사람은 치요의 오빠로 지금은 오사카에서 식당을 경영하고 있는 기사부로였다.

"급한 용건이 있어서 도저히 장례식에는 참가할 수 없어, 미안해. 사실은 나도 간신히 신사이바시에 가게를 내게 됐거든. 이런저런 일로 바빠서…… 어때? 신사이바시라니까, 놀랐지?"

야간열차로 아침 일찍 도야마에 도착한 기사부로는 서둘러 시게타쓰의 위영에 분향하고는 싱글벙글하면서 그렇게 말했다.

다쓰오는 그런 외삼촌이 싫었다. 얼굴은 싹싹하게 웃고 있지만 눈은 언제나 웃지 않았다.

기사부로는 자신의 사냥모를 다쓰오에게 씌워주며 말했다.

"잠시 못 본 사이에 아주 많이 컸구나."

그러고는 집 안을 휙 둘러보았다.

"이 정도 집이라고 해도 팔려고 내놓으면 몇 푼 못 받을 거야."

말은 완전히 오사카 사투리였지만 어미에 억양을 붙여서 길게 빼는 말투는 역시 호쿠리쿠 사투리였다. 아마도 버릇인 듯 기사부로는 몇 차례나 눈을 깜빡이며 물었다.

"빚은 청산할 수 있을 것 같아?"

치요는 아침식사 전이라는 기사부로를 위해서 밥상을 준비했다.

"저당잡혔어요. 큰 빚은 어떻게 해서든 이 집과 사무실을……."

"비빌 곳이 있어야지. 일단 작은 빚은 부의금 대신으로 청산해달라고 부탁해봐."

치요는 힐끗 오빠를 보았다. 시게타쓰가 쓰러졌을 때 그 작은 돈조차 빌려주지 않은 오빠였다. 기사부로는 야간열차 속에서 한숨도 자지 못했다며 식사를 끝내고 치요에게 이불을 펴달라고 하더니 금세 코를 골기 시작했다.

또 한 사람의 손님은 점심 무렵에 찾아왔다. 현관에 서 있는 초로의 여자를 본 순간 치요는 한눈에 그 여자가 시게타쓰의 전처 하루에라는 사실을 알아차렸다. 치요는 한 번도 하루에와 얼굴을 마주한 적이 없었다. 십오 년 전 하루에는 치요와 만나기를 완고하게 거부했고 시게타쓰도 만나게 하려 하지 않았다. 치요 역시 같은 심정이었다. 그렇기에 당시에 시게타쓰와 하루에 사이에 어떤 이야기가 있었는지 치요는 전혀 몰랐다. 시게타쓰도 역시 그 일은 일체 입에 올리지 않았다. 그러나 다른 여자와의 사이에 자식을 낳고 그것을 이유로 남편으로부터 일방적으로 이별을 선고당한 아내의 심정은 치요로서도 뼈에 사무칠 정도로 잘 알고 있었다.

소문대로 하루에가 아무런 어려움이 없는 생활을 하고 있다는 사실은, 검게 물들여 단정하게 묶은 머리와 세련된 담갈색 홑겹 기모노가 대변하고 있었다.

"이틀 전에 다른 사람을 통해서 알았어요."

그리고 하루에는 시게타쓰의 영정을 바라보며 "당신, 죽은 건가요?" 하고 중얼거렸다.

"한심할 정도로 가난뱅이가 되어 죽어버렸네요…… 꼴좋다는 한마디라도 해주고 싶어서…… 당신은 천벌을 받은 거라고…… 그 말을 해주고 싶어서 온 거예요."

하루에는 밝은 미소를 지으며 돌아보았다.

"치요 씨에게 말하려고 온 게 아니에요. 이 사람에게 말해주고 싶어서……"

시게타쓰가 마지막으로 하루에의 이름을 불렀다는 이야기를 하려다가 치요는 문득 입을 다물었다. 하루에가 아니라 전혀 다른 것을 가리킨 것인지도 모른다는 생각이 들었다. 치요에게 있어서 시게타쓰는 항상 자신의 흉금을 말로 드러내면서도 사실은 결코 본심을 밝히지 않는 사람이었던 듯이 생각되었다. 도대체 시게타쓰는 어째서 이십 년이나 함께 살던 아내와 헤어져서 나와 결혼한 것일까? 아이의 아버지가 되고 싶었던 것뿐일까? 아니면 진실로 나를 사랑했기 때문일까? 치요는 하루에와 마주 앉은 채 가만히 생각에 잠겼다.

핸드백에서 안경을 꺼내어 낀 하루에는 곁에 있는 다쓰오를 자세히 들여다보았다.

"많이 컸구나…… 엄마와는 오늘 처음이지만, 다쓰오와는 두번째야."

그렇게 말하며 하루에는 웃었다. 치요는 놀라서 하루에를 쳐다보았다.

"치요씨에게는 비밀이라며, 그 사람, 두 살밖에 안 되는 다쓰오를 안고 저에게 보여주려고 가나자와까지 온 적이 있어요."

치요에게는 뜻밖의 이야기였다.

"그런 일이 있었나요?"

"이게 내 하나밖에 없는 자식이야, 하며 기뻐하더군요. 어째야 좋을지 몰라서 두 사람과 함께 가나자와 역 앞에서 저녁식사를 함께 했어요. 진짜 부부, 진짜 가족처럼 함께 식사를 하자니 저도 견딜 수 없을 만큼 슬퍼지더군요…… 뭔가 장사라도 하라며, 헤어질 때 받았던 돈과 같은 금액을, 그때 저에게 줬어요. 폐업한 낡은 여관이 매물로 나와 있다는 그 사람의 권유로 지금의 장사를 시작한 거지요. 또 만나러 올게, 하기에 이제 오지 말라고 부탁했어요. 그렇게 말해도 또 올 사람이라고 생각했는데 정말로 그 이후에는 한 번도 오지 않았죠……"

어쩐지 꿈을 꾸는 거 같아, 하고 중얼거린 하루에는 자신의 손등으로 시선을 떨궜다.

"나도 예순셋이 됐네."

그리고 하루에는 엄한 표정을 지으며 안경 너머로 가만히 다쓰오를 바라보았다.

치요와 다쓰오는 전차 정류장까지 하루에를 배웅했다. 하루에가 잠자코 언제까지고 다쓰오에게 시선을 주고 있는 모습을 보고 있노라니 치요는 남편의 이 전처와 어쩐지 헤어지고 싶지 않은 심정이 더해왔다. 치요가 무슨 말을 하려는 순간 전차가 왔다.

"다쓰오, 도야마 역까지 배웅해드려."

치요는 순간적으로 그렇게 말하며 다쓰오의 등을 떠밀었다.

도야마 역까지 가자 이번에는 하루에가 다쓰오에게 다카오카까지 함께 가자고 부탁했다.

"……다카오카까지요?"

"너무 머니?"

"아니, 괜찮아요."

"급행으로 한 정거장 거리니까, 다카오카까지 배웅해주렴."

하루에는 밝게 웃으며 힘주어 다쓰오의 팔을 당겼다.

진쓰 강을 건널 때 하루에는 공부는 잘하냐고 물었다. 잘
하는 과목도 있고 못하는 과목도 있다고 다쓰오는 대답했다.
하루에는 크게 끄덕이며 미소지었다. 그것이 도야마에서 다
카오카까지 가는 열차 안에서 다쓰오와 하루에가 나눈 대화
의 전부였다. 하루에는 그 외에 아무 말도 없이 다쓰오를 바
라볼 뿐이었다.

열차가 다카오카에 도착하자 다쓰오는 플랫폼에 내려서
하루에가 있는 창문까지 갔다. 하루에는 열차 창에서 양손을
내밀어 다쓰오의 팔을 잡았다. 그리고 눈물을 흘리며 울먹이
는 소리로 말했다.

"이 아줌마가 할 수 있는 건 뭐든지 해줄게. 장사가 무슨
소용이고 돈이 무슨 소용이겠니. 그런 건 아무것도 아냐. 모
두 너에게 줘도 좋아……"

하루에는 울면서 종이쪽지에 자신의 주소를 써서 다쓰오
에게 건넸다. 승객도 플랫폼의 사람들도 이상한 눈으로 다쓰
오와 하루에를 보고 있었다. 열차가 움직이기 시작하자 다쓰
오는 총총걸음으로 따라갔다.

"또 만나자, 또 만나자!"

하루에가 외쳤다.

그날 밤 기사부로는 치요 모자에게 오사카로 이사 오라고 권했다. 강가에서 희미하게 벌레 소리가 들렸다.

"신사이바시에 가게를 낼 거야. 모두들 깜짝 놀라더라구. 하여튼 장사를 하려면 장소가 좋아야지. 좋은 장소만 손에 넣으면 나머지는 식은 죽 먹기니까. 이 단계까지 오느라고 정말로 고생했어."

가게가 두 곳이 되면 옛 가게를 맡아서 일할 사람이 필요하다고 기사부로는 말했다.

"그걸 치요에게 맡기고 싶은 거야. 너도 옛날에는 가나자와에서 손님을 상대하던 시절이 있었잖아. 일할 사람은 얼마든지 있지. 하지만 안심하고 믿을 수 있는 사람은 역시 자기 피붙이라야지…… 둘뿐인 남매잖아. 더구나 나는 자식이 없으니까 홀가분하다면 홀가분하지만 아무런 보람이 없다면 보람이 없는 거겠지."

기사부로는 결단을 내리지 못하는 치요에게 설득하듯이 속삭였다.

"이미 갚기는 했지만, 내가 오사카에 나가서 장사를 시작할 때 시게타쓰가 돈을 빌려줬던 것에 대한 보답도 하고 싶고. ……잘 생각해봐, 다쓰오도 내년에는 고등학교에 가야

하고, 본인이 뜻만 있다면 대학에도 보내줄게. 이제 곧 쉰에
접어드는 여자가 접시닦이를 해서 얼마나 벌겠어? 오사카에
와서 내 가게 일을 도와줘. 내가 다쓰오를 고등학교도 대학
교도 보내줄 테니까."

새로이 문을 여는 가게에 몰두하고 싶은 기사부로로서는
당장 가게를 맡길 수 있는 적임자가 필요했던 것이다.

"오빠의 마음은 고마워. 하지만……"

"어디에 살건 마찬가지야. 이제까지 살던 곳을 버리고 떠
나는 건 내키지 않겠지만 오사카도 제법 좋은 곳이거든."

기사부로는 다쓰오에게도 말을 건넸다.

"여름방학이 되면 이사 와라. 열심히 공부해서 오사카의
고등학교에 응시하는 거야. 도회지는 시골과 달라서 뭐든지
수준이 높으니까 이제부터 시작하더라도 따라가지 못할지
도 몰라. 외삼촌이 잘 돌봐줄게. 좋은 사립학교가 얼마든지
있어. 다쓰오, 엄마와 함께 외삼촌 사는 곳으로 와라. 쓰텐카
쿠*가 보이는 번화한 곳이야."

다쓰오는 잠자코 일어나 자기 방으로 갔다. 책상 서랍을

---

* 에펠탑을 본떠 만든 오사카의 명물 탑.

열고 세키네에게서 받은 상자를 꺼냈다. 히데코의 사진 아래에, 오모리 가메타로와의 사이에 작성한 차용증이 들어 있었다. 다쓰오는 그 밑에 오늘 하루에에게 받은 종이쪽지를 넣었다. 그리고 의자에 앉은 채 언제까지고 히데코의 사진을 바라보았다.

"올해는 정말로 우담화*가 필 거야. 꼭 필 거야."

작업을 끝낸 긴조가 짐수레를 끌고 다쓰오의 집에 들러서 그렇게 말했다.

"정말이야? 그걸 어떻게 알아?"

다쓰오는 정색을 하고 물었다.

"오이즈미에 사는, 옛날부터 아는 사람이 얼마 전에 집에 들러서 그렇게 말하더구나. 예전 같으면 강가에 여기저기 반딧불이가 날아다닐 텐데 올해에는 아직 한 마리도 모습을 보이지 않아……"

"한 마리도 없어?"

"음, 그러니까 우담화가 피는 거야. 예전에도 그랬거든.

---

* 인도에서 삼천 년에 한 번씩 꽃이 핀다는 상상의 식물.

이런 해에는 한꺼번에 쏟아져나오겠지. 틀림없어."

"언제 갈 건데?"

"반딧불이가 교미할 무렵. 반딧불이가 사라지기 직전이 좋아."

박쥐가 이리저리 날아다니는 저녁 하늘을 살피며 긴조는 내주 토요일로 정하자고 속삭였다. 주초에는 아마도 일제히 모내기가 시작될 것이다.

"도시락 지참해서 소풍 겸 가는 거지. 비가 오면 취소야. 그 날 단 하루뿐이지. 만약 보이지 않더라도 원망하기 없기야."

치요는 차가운 우물물에 적신 수건을 꽉 짜서 쟁반에 올려 놓았다.

"언제나 건강하고 부지런하시군요. 땀이라도 닦고 잠깐 쉬세요."

긴조는 절반으로 자른 담배를 담뱃대에 꽂았다.

"올해는 아들녀석의 칠주기죠."

"아, 벌써 그렇게 됐나요……"

이미 상처를 한 긴조는 딸 부부와 함께 살고 있다. 목수였던 아들 겐지는 건축중인 집 지붕에서 떨어져 죽었다. 벌써 칠주기인가, 하고 치요는 새삼스럽게 생각했다. 그리고 죽은 겐지에게 당시 약혼녀가 있었던 사실을 떠올렸다. 도나미의 석재상 딸이었다. 치요는 그 처녀의 건강한 피부와 낭랑한 목소리를 기억하고 있다. 겐지가 그 처녀를 데리고 약혼 인사를 하러 찾아온 적이 있기 때문이었다. 처녀는 다쓰오와 동네 아이들에게 도나미 지방에서 많이 부르는 노래를 몇 번이나 불러주었다. 친해진 표시라며 웃던 처녀의 표정이 가슴에 남아 있었다. 그리고 열흘도 지나지 않아 겐지는 죽고 말았다.

"그 처녀, 어떻게 지내고 있을까요?"

벌써 결혼해서 자식도 낳았을지 모른다고 말하려다 치요는 입을 다물었다. 머리를 피로 물들인 겐지에게 매달려 자신도 피투성이가 되어 바위처럼 언제까지고 움직이지 않던 긴조의 모습이 떠올랐다.

아무에게도 말하지 않았지만, 하며 긴조는 입을 열었다.

"겐지 녀석, 그 처녀를 임신시켰어…… 시간이 좀 지난 뒤에야 알았지만. 난 도나미까지 가서 무릎을 꿇고 상대방 부모에게 사죄했지. 아이를 지웠다는 편지를 받은 이후로 소식이 없어."

다쓰오는 자전거를 타고 히데코의 집까지 갔다. '쓰지사와 치과' 간판에는 이미 불이 켜져 있다. 일층 진료실 앞에는 두세 명의 환자가 대기하고 있었다. 뒷문의 벨을 누른 다쓰오는 긴장한 모습으로 서 있었다. 히데코의 엄마가 얼굴을 내밀었다.

"다쓰오, 웬일이냐?"

그녀는 시게타쓰의 장례식에도 참석했지만 이야기를 나눌 틈은 없었다. 그래서 다쓰오는 히데코의 엄마와 몇 년 만에 말을 주고받았다.

"히데코는 안에 있으니까 들어와, 그런 곳에 서 있지 말고…… 옛날에는 자기 집처럼 멋대로 드나들더니 오늘은 무척 예의를 차리네."

히데코도 이층에서 내려오더니 웃으며 말했다.

"어서 들어와."

그런 히데코는 평소에 학교에서 보던 모습과는 달리 초등학교 시절의 친근감을 느끼게 했다.

다쓰오는 부엌 입구에 선 채로 반딧불이를 잡으러 갈 날짜를 정했노라고 전했다. 히데코의 엄마는 딸이 반딧불이를 잡으러 가는 것을 반대하는 모양이었다. 히데코가 불만스러운 듯 엄마의 등을 밀었다.

"너무 늦은 밤이고…… 긴조 할아버지가 함께 간다고는 하지만 나이도 있으시니까."

"저희 엄마도 같이 갈 거예요."

하고 다쓰오는 거짓말을 했다. 히데코의 엄마는 잠자코 딸의 얼굴을 보면서 간신히 허락을 했다.

"그야 물론, 여자는 수험공부보다 반딧불이를 잡으러 가는 게 제격이지만…… 너희 엄마가 함께 간다면 걱정할 건 없겠지. 모처럼 이렇게 권하는데."

너무 늦으면 안 된다고 엄마는 딸에게 다짐을 했다. 그리고,

"그런 반딧불이라면 나도 한번 보고 싶네. 하지만 간호사가 갑자기 그만둬서 정신 없이 바빠."

하고 얼굴을 찡그려 보이더니 부엌 쪽으로 모습을 감췄다.

"비가 오지 않도록 기도할게."

히데코가 작은 소리로 말했다. 그런 히데코는 무척 어른스러웠다. 모처럼 히데코가 먼저 여러 가지 이야기를 꺼냈다. 다쓰오가 돌아가려 하자 히데코는,

"세키네는, 도둑이야."

그렇게 말하고 다쓰오를 노려보았다. 히데코는 귀까지 빨개져 있었다.

"사진, 돌려줄게."

다쓰오도 빨개져서 대답했다.

"그런 우정은 들어본 적이 없어."

그리고 히데코는 고개를 숙인 채 언제까지고 얼굴을 들지 않았다.

다쓰오는 곧장 집으로 돌아가지 않고 좌우로 마구 방향을 틀며 자전거를 달렸다.

"엄마를 미끼로 히데코에게 함께 가자고 한 거야?"

치요는 재밌다는 듯이 웃었다. 시게타쓰가 죽은 후 처음으로 보는 엄마의 웃는 얼굴이었다.

"아니, 미끼로 삼은 게 아냐. 엄마도 함께 갈 거라고 생각했으니까."

"흥, 모처럼의 기회지만 엄마는 갈 수 없어. 잘도 꾸며대네……"

"어째서……?"

"일거리가 잔뜩 있잖아. 외삼촌에게 편지도 써야 하고."

"엄마, 오사카로 갈 거야?"

다쓰오는 전에도 같은 질문을 한 적이 있었다. 치요는 항상 잠자코 대답이 없었다. 치요 자신이 앞으로 어떻게 처신해야 좋을지 마음을 정하지 못하고 있었던 것이다. 유월이 지나면 이 도요카와초의 집을 비워줘야 한다. 모자 둘이서 살 수 있는 집은 얼마든지 있지만 만일 기사부로를 따라서 오사카로 이사 갈 거라면 그때까지 불필요한 지출을 하는 것이 아까웠다. 그 이후로 기사부로에게서 두세 차례 독촉 편지가 왔다. 기사부로는 아마도 진심인 듯했고 치요에게도 나쁜 이야기는 아니었다. 분명히 기사부로의 말대로 주방 일을 해서 얻을 수 있는 수입이래야 뻔한 것이었다. 설령 기사부로에게 완전히 이용당한다 하더라도 신문사 사원식당에 근무하며 근근이 살아가는 것보다는 나을지 몰랐다. 그러나 진정으로 신뢰하는 것도 아닌 오빠를 의지해서 오랫동안 살아온 땅을 떠난다는 것은 치요로서는 아무래도 결심하기가 어려웠다.

"다쓰오는 오사카에 가는 거 어떻게 생각하니?"
하고 치요는 아들에게 물었다.

"엄마가 가고 싶다면 난 괜찮아."

"정말로 가도 되는 거니?"

"……응."

결코 그럴 리가 없었다. 치요는 다쓰오의 마음을 잘 알고 있었다. 다쓰오가 좀더 클 때까지는 태어나서 자란 이 고향을 떠나는 일이 없도록 해주리라고 생각했다. 그러나 다쓰오는 나름대로, 자기는 엄마와 함께 반드시 오사카에 가게 될 것이라고 예감하고 있었다. 기사부로에게서 오사카로 오라는 권유를 받았을 때부터 어쩐지 그런 느낌이 들었던 것이다. 그러나 두 사람 모두 오사카에는 가고 싶지 않았다.

오모리 가메타로에게서 빌린 돈은 병원비와 장례비용으로 절반은 써버렸다. 게다가 반드시 갚아야 하는 자질구레한 빚을 청산하다보니 나머지 돈도 거의 없어졌다. 모자는 당장 내일부터 생활이 곤란한 상태였다.

현관에서 목소리가 들렸다. 히데코와 하쓰코 모녀였다.

"좀 이르기는 하지만, 딸아이를 데리고 왔어요."

하고 하쓰코가 큰 소리로 말했다. 그리고,

"날씨가 좋아서 다행이네요."

하며 웃었다. 하늘은 좀처럼 보기 드물 정도로 푸르고 맑았다.

히데코는 양팔로 뒷짐을 지고 부끄러운 듯이 엄마 뒤에 서 있었다. 노란색 작은 꽃무늬 원피스는 히데코의 피부색에 잘 어울렸다. 그 여성스러움은 자기보다도 훨씬 먼 세계를 알고 있는 듯한 분위기였기에 다쓰오는 첫눈에 주눅이 들고 말았다.

"오늘은 점심때부터 도시락을 만드느라 난리였어요."

하쓰코는 물통과 찬합을 무거운 듯이 들어 보였다.

"정말, 억지로 가자고 했네요. 주먹밥은 준비했지만……"

"무슨 소리예요, 신세를 지는 건 우리 딸아이 쪽이니까 음식은 이쪽에서 준비해야죠. ……과년한 딸이 있으면 신경이 날카로워져서, 아무래도 밤늦게 올 거라니까 걱정이 되더군요. 긴조 할아버지와 다쓰오 어머님도 함께 가신다는 말을 듣고 안심했지만요."

치요는 흘기듯이 다쓰오를 보며 웃고는 하쓰코에게 말했다.

"그렇게 많은 반딧불이는 본 적이 없으니까 한번 어떤 건지 보고 싶어졌어요. 그래서 오늘은 오히려 내가 더 적극적이에요."

"반딧불이도 점차로 줄어들어요. 옛날에는 이 부근에도 몇 마리 날아다녔는데. 농약을 사용하는 건 좋지만 말예요."

현관의 마루턱에 걸터앉아 있던 하쓰코는 그렇게 말하며 일어섰다. 그러고는 선물로 반딧불이를 많이 잡아다주세요, 하고 세 사람에게 말하고는 돌아갔다. 하쓰코가 돌아가자 곧 이어 긴조가 풀을 먹인 새 한텐*을 입고 찾아왔다.

"이거 정말 대단한 미인이 되었네, 놀랍군."

긴조는 히데코를 보자마자 희색이 만면해서 말했다.

"이 할아버지가 알고 있는 히데코는 짧은 치마를 입고 천방지축으로 뛰어다니던 꼬마였는데 말이지."

긴조의 부드러운 태도 덕택에 히데코도 쉽게 말을 받았다.

"할아버지는 언제나 한텐 차림이잖아요…… 외출할 때에도 한텐이죠."

"그럼, 오늘 입고 온 한텐은 특별히 비싼 외출복이야."

긴조는 옷을 갈아입고 현관으로 나온 치요를 보고 놀라며 물었다.

"어라? 치요 씨도 갈 건가?"

"가지 않을 수 없는 상황이 됐어요."

다쓰오에게는 엄마도 어쩐지 들떠 있는 듯이 보였다.

긴조는 허리에 차고 있는 커다란 물통을 가리켰다.

"이건 술이야. 손전등도 갖고 왔고, 풀 위에 앉으려면 비닐 보자기도 필요하지."

---

* 활동하기 편하게 만든 겉옷 윗도리.

긴조의 소지품과 히데코가 가져온 물통과 도시락에 치요가 만든 주먹밥을 합하면 상당한 짐이었다. 그것들을 자전거 뒤에 싣고 다쓰오가 끌고 가기로 했다. 네 사람은 남쪽을 향해서 아직 밝은 강길을 올라갔다. 평소보다도 한층 반짝이는 이타치 강은 한줄기 비단 같았다.

나무다리가 일정한 간격으로 놓여 있는 강은 완만한 굴곡을 이루며 조금씩 깊어져갔다. 어느새 눈에 익은 풍경이 끝나자 이윽고 미지의 거리가 한산한 농촌 풍경으로 바뀌었다.

"나메리 강이라는 곳의 바로 앞에 조간지 강이라는 강이 흐르고 있지. 진쓰 강보다 약간 작지만 역시 도야마 만으로 흘러들어가는 강이야. 그 조간지 강의 상류가 다테 산과 이어지지. 이타치 강은 조간지 강의 지류인 셈이야. 그래서 이 강에도 봄부터 여름에 걸쳐서 다테 산의 눈 녹은 물이 많이 섞이게 되지."

세 사람이 약속이라도 한 듯이 입을 다물고 있어 긴조는 분위기를 살리려고 혼자 이야기를 계속했지만 잠시 후에는 역시 입을 다물어버렸다. 천천히 발길을 옮기는 가운데 해는 조금씩 지기 시작했다.

솔개 한 마리가 네 사람 곁을 낙하해내려와 불그스레한 빛

196

을 띠기 시작한 수면을 가로질러 작은 물고기 한 마리를 낚아챘다.

　오이즈미 중부를 지나자 강은 도야마 지방철도인 다테야마 선과 교차하며 한층 깊어져갔다. 그리고 논밭이 펼쳐지기 시작했다. 모내기에 바쁜 농가 사람들이 물을 댄 논 가운데에서 슬슬 귀가할 채비를 시작하고 있었다.

　다쓰오는 아직 벌에 가까운 논을 보고는 문득 아버지의 말이 머리에 떠올랐다. 언어능력을 상실한 시게타쓰는 언젠가 다쓰오의 질문에 "……없어(いね, 이네)" 하고 필사적으로 중얼거린 적이 있다. 그것은 '돌아가'라는 뜻이 아니라 반딧불이가 나타나는 시기를 알려주는 말이었을지도 모른다고 생각했다. 벼를 심기 직전이 반딧불이의 계절이었다. 아버지는 '벼(いね, 이네)'라고 말할 작정이었을까? 다쓰오는 그때 아버지의 우는 얼굴과 자신에게 매달리던 무시무시한 몸동작을 생각했다. 하지만 그것이 과연 '벼'였는지 아닌지는 다쓰오로서는 이미 알 수가 없었다.

　"좀 지쳤어……"

　치요의 말에 모두들 걸음을 멈췄다. 네 사람은 이미 상당한 거리를 걸었다. 다쓰오도 계속 자전거를 밀고 왔기 때문

에 옆구리가 뻐근했다. 잠깐 쉬었다 가자며 긴조는 길가의
돌 위에 앉았다.

"이렇게 많이 걸은 게 몇 년 만인가. 어쩐지 이승에서 마지
막으로 걷는 것 같은 느낌이 드는구먼."

햇볕에 그을린 긴조의 얼굴 주름은 표정이 바뀔 때마다 소
리를 내며 움직이는 듯했다.

"이 정도로 죽는소릴 하면 안 되지. 난 반딧불이가 나올 때
까지 밤새도록 걸을 작정이야."

"저도 그래요."

하고 히데코가 맞장구를 쳤다.

"모두들 무슨 말이건 해봐, 꼭 장례식 행렬 같잖아."

그러자 긴조가 그렇게 호통치듯 말했다. 네 사람의 웃음
소리에 둑길을 걷던 농가 사람들이 뒤돌아보았다.

"이제 지쳐서 목소리도 안 나와."

치요는 진심으로 그렇게 중얼거렸다. 이제까지 쌓였던 피
로가 걸을 때마다 몸 속에서 스며나오는 듯한 기분이었다.

"반딧불이가 정말로 나올까요?"

즐거운 듯이 긴조에게 말을 건네는 히데코의 완전히 처녀
다워진 가슴과 허리를 보고 있노라니 거기에서 무엇인가 두

려운 냄새가 느껴지는 듯해서 치요는 눈길을 돌려버렸다.

　조금 더 가면 작은 숲속으로 들어가게 된다는 긴조의 말에 네 사람은 일어섰다. 그곳에서 식사를 하기로 했다.

　긴조가 석양을 가리켰다.

　"아…… 해가 지기 시작하는구먼."

　해는 단숨에 졌다. 어두운 구름과 황금빛 광원이 뒤얽히면서 어딘지 장렬한 적색을 만들어내고 있었다. 광대한 하늘 곳곳에 작열하는 불길은 마지막 석양이 발하는 최후의 적색, 멸망해가는 자만이 지니는, 어딘지 미칠 듯한 적색이었다.

　"반딧불이가 정말 나올까요?"

하고 히데코가 또 긴조에게 물었다.

　"내 예감은 틀림이 없어. 분명히 평생 잊지 못할 날이 될 거야."

　그리고 다시 상당한 거리를 걸었다. 긴조의 말대로 이타치 강은 왼쪽으로 구부러지면서 무성한 나무들 사이를 지나고 있었다. 그곳에서 저편을 바라보니 길은 아주 좁아지고 있었다. 자전거를 밀며 걸을 수 있는 폭이 아니었다. 다쓰오는 그곳에 자전거를 두고 가기로 했다. 날이 저물어 바람이 차가웠다. 나무 밑은 이미 완전한 어둠이었다. 풀숲에 비닐을 깔고 네 사람은 다리를 폈다. 긴조가 나뭇가지에 손전등을 매달았다. 벌레 소리와 냇물 소리가 땅을 울릴 정도로 커지고 있었다. 멀리 논 가운데에 점점이 보이는 인가의 등불은 자세히 보니 약간 저지대에서 빛나고 있었다. 모르는 사이에 오르막길을 걸어왔던 것이다. 강변 길은 그곳에서 둑처럼 뻗어 있었다. 무성한 풀숲이 좁은 길을 감싸고 있었다.

"지금 어디까지 온 걸까요?"

"오이즈미를 지나서 한참 걸었으니까……"

히데코의 물음에 긴조는 몸을 뒤적이며 무엇인가를 찾았다.

"이런, 시계를 잊고 왔군."

히데코도 치요도 시계를 갖고 오지 않았다. 물론 다쓰오도 마찬가지였다.

"왔던 길을 다시 걸어서 돌아가야 하니까, 서둘러 되돌아가야 할 텐데……"

치요가 말했다. 그녀는 히데코를 반드시 집까지 데려다주어야 한다고 생각하고 있었다. 지금부터 되돌아간다 하더라도 아홉시는 넘을 것이다.

"아니, 늦어도 괜찮아요. ……아직 반딧불이가 사는 곳까지 가지도 못했는데."

히데코는 불만스러운 듯이 앞머리를 만졌다.

"사는 곳이 아니라 여기저기서 모여들어 교미하는 곳이
야."

긴조는 몸에서 달콤한 술냄새를 풍기고 있었다.

"천 걸음만 걷자."

그때까지 한 번도 입을 열지 않았던 다쓰오가 말했다.

"천 걸음 걸어서 반딧불이가 나타나지 않으면 포기하고
돌아가는 거야."

"천오백 걸음에 나타나면 어떻게 하지?"

히데코가 한심하다는 듯이 대답해 모두들 웃었다.

"좋아, 천오백 걸음까지 걷지. 그래도 나타나지 않으면 포
기하자. 그렇게 결정했어."

부엉이 소리가 머리 위에서 들렸다. 그 순간 치요의 가슴
속에 어떤 생각이 떠올랐다. 인가에서 떨어진 밤길을 이제부
터 천오백 걸음 걸어서 만약 반딧불이가 나타나지 않으면 되
돌아가자. 그리고 도야마에 남아서 식당 일을 하면서 아들을
키우자. 그러나 만약 반딧불이 무리를 만나게 되면, 그때는
기사부로의 말대로 오사카에 가자.

자리에서 일어선 치요의 무릎이 가늘게 떨렸다. 치요 역시 현란한 반딧불이의 난무를 한 번은 보고 싶었다. 보게 될지 알 수 없는 일생일대의 광경에 치요는 자신의 미래를 건 것이었다.

다시 부엉이가 울었다. 네 사람이 걷기 시작하자 벌레 소리가 뚝 그치고 그 깊은 정적 위로 창백한 달이 빛났다. 그리고 다시 벌레 소리가 땅 속에서 울려퍼졌다.

비탈길은 계속되고, 논에 댄 물이 멀리 발 아래에서 달빛을 반사하고 있었다. 강물 소리도 멀어지고 손전등이 비치는 부분과 인가의 등불 이외에는 아무것도 보이지 않았다.

냇물 소리가 왼쪽에서 차츰 가까이 다가옴에 따라서 길도 왼쪽으로 구부러져갔다. 그 길을 완전히 돌아 달빛이 부서지는 수면을 내려다본 순간, 네 사람은 말을 잊은 채 그 자리에서 꼼짝도 할 수가 없었다. 아직 오백 걸음도 걷지 않았다. 수십 수백만 마리의 반딧불이가 강가에서 조용히 출렁이고 있었다. 그리고 그것은 네 사람이 각자 가슴속에 그리고 있던 동화 속의 화려한 그림이 아니었던 것이다.

반딧불이의 무리는 용소(龍沼) 바닥에서 조용히 춤추는 미생물의 시체처럼 무한한 침묵과 시취를 머금은 채 빛의 앙

금으로 변하여 하늘 높은 곳으로 희미한 광채를 발하며 차가운 불똥이 되어 날아오르고 있었다.

네 사람은 꼼짝도 않고 서 있었다. 오랫동안 그렇게 있었다.

이윽고 긴조가 조용히 입을 열었다.

"어때? 내 말이 딱 맞았지?"

"정말…… 굉장하네요."

치요도 무심코 그렇게 말했다. 그리고 거짓말이 아니었군요, 하며 풀 위에 주저앉았다. 밤이슬에 젖는 것은 안중에도 없었다. 거짓말이 아니었구나, 하고 치요는 진심으로 생각했다. 이 애절하고 슬플 만큼 창백하게 반짝이는 빛의 덩어리에 넋을 잃고 있노라니, 이제까지의 일이 모두 거짓이 아니었다, 과거에 있었던 모든 일들이 거짓이 아니었다고 여겨지는 것이었다. 그녀는 무릎에 얼굴을 얹고 몸을 구부렸다. 전신이 싸늘하게 식어 있었다.

"정말 있구나……"

귓가에 속삭이는 히데코의 입김이 다쓰오의 몸 속으로 스며들었다.

"……교미하는 거야. 또다른 반딧불이를 낳는 거지."

긴조의 목소리는 열에 들떠서 내는 신음 소리처럼 들렸다.

"가까이 내려가볼까?"

다쓰오가 말했다.

"아니, 싫어."

히데코는 다쓰오의 벨트를 잡으며 제지했다.

"여기에서 보면 되잖아."

"왜?"

히데코는 그 말에 대답도 않고 벨트를 잡은 손에 힘을 더했다. 다쓰오는 강가로 내려갔다.

"다쓰오, 그만둬, 응? 가지 마."

히데코는 몇 차례나 중얼거리면서 그래도 다쓰오를 따라갔다. 가까이서 보니 반딧불이는 몇 굽이의 파도처럼 완만하게 움직이고 있었다. 떨리듯이 빛을 발하는가 싶다가 탈진한 듯이 수그러든다. 언제 끝날지도 모르는 그 점멸의 반복이 몇만 몇십만 마리나 모여서, 지금 애절하고 적막한 한 덩어리의 생명체를 형성하고 있었다.

다쓰오와 히데코가 있는 장소는 강가의 저지대였다. 밤이슬이 두 사람의 무릎 아래를 축축이 적셨다.

다쓰오는 둑을 올려다보았다. 어둠 이외에는 아무것도 보이지 않았다. 그곳은 달도 나무에 가려져 있었다. 긴조도 치요도 머리 위의 풀숲에 앉아 있었지만 다쓰오가 있는 곳에서는 보이지 않았다. 곁에 있는 히데코의 얼굴조차 제대로 보이지 않았다. 히데코는 여전히 다쓰오의 벨트를 붙잡고 있었다. 다쓰오는 히데코에게 무언가 말하려 했지만 말이 나오지 않았다. 다쓰오는 뜨거운 몸으로 히데코의 냄새를 맡고 있었다.

그때 한줄기 강풍이 나무들을 뒤흔들고 강변에 침전해 있던 반딧불이 무리를 휩쓸었다. 빛은 파도가 부서지듯이 두 사람에게 쏟아져내렸다.

히데코가 비명을 지르며 몸을 뒤틀었다.

"다쓰오, 보지 마……"

울상이 되어 히데코는 스커트 자락을 양손으로 집어올렸다. 그리고 펄럭펄럭 흔들었다.

"이쪽 보지 마."

엄청난 빛의 입자가 일제히 몰려와 가슴이며 스커트 속으로 밀려드는 것이었다. 하얀 피부가 어둠 속에서 희미한 빛을 발했다. 다쓰오는 숨을 죽인 채 히데코를 보고 있었다. 반딧불이 무리는 쏴아 쏴아 소리를 내며 파도쳤다. 그것이 반딧불이 소리인지 냇물 소리인지 다쓰오에게는 이미 구분이 되지 않았다. 어디에서 모여들었는지 상상도 할 수 없는 수만 수십만 마리의 반딧불이들은 사실은 히데코의 몸 속 깊은 곳에서 끊임없이 생겨나고 있는 듯이 여겨지는 것이었다.

반딧불이는 바람을 타고 치요와 긴조의 곁에도 날려왔다.

"아아, 이대로 자고 싶어."

긴조는 풀숲에 길게 드러누워 그렇게 중얼거렸다.

"……이걸로 끝이야."

치요도 분명히 무엇인가 끝난 듯한 느낌이 들었다. 그런 치요의 귀에 샤미센을 뜯는 소리가 들렸다. 본오도리 노래*가 먼 마을에서 들려오는 것일까 하고 귀를 기울였지만 지금은 아직 그럴 계절이 아니었다. 치요는 귀를 피했다. 아무리 피해도 샤미센 소리는 사라지지 않았다. 바람처럼 꿈처럼 희미한 율동으로 너울거리는 현 소리는 치요의 가슴 한구석에서 하염없이 흘러나오고 있었다.

치요는 비틀거리며 일어나 풀숲을 걸어갔다. 이미 돌아가야 할 시간이 훨씬 지나 있었다. 나뭇가지를 붙잡고 몸을 내밀어 강변 아래를 들여다본 치요의 목에서 가느다란 비명이

---

* 음력 7월 15일 전후에 남녀노소가 모여 춤을 추며 부르는 노래.

솟았다. 바람이 멈추고 다시 정적이 되돌아온 저지대에 반딧
불이 자아내는 요사스러운 빛이 사람의 모습으로 서 있는 것
이었다.

미야모토 테루의 세계

1947년 3월 6일 고베에서 태어난 미야모토 테루는 우여곡절이 많은 과거를 지닌 작가이다. 「흙탕물 강」을 보면, 주인공 소년의 엄마는 천식 증세가 있고, 아빠는 새로운 사업을 구상하며 니가타로 떠날 계획을 세우는 이야기가 나오는데, 실제로 미야모토 테루의 어머니는 천식을 앓았으며 일가는 아버지의 사업 때문에 여러 차례 주거를 옮겨다녀야 했다. 그런 탓으로 테루는 유치원 시절부터 단체생활에 적응하지 못했으며, 아버지의 사업 실패와 여자 문제로 인한 부부싸움은 어머니의 알코올 의존증과 자살미수로 이어졌고, 테루는 현실도피의 수단으로서 벽장 속에서 소설을 탐독하는 나날을 보내게 되었다. 또한 그가 일곱 살 때, 노인성 치매 증세가 있는 할머니가 실종되어 결국은 행방불명인 채로 장례식을 치른 일도 있었다.

1966년 열아홉 살의 테루는 재수를 하여 어렵사리 당시 오사카에 새로이 개교한 오테몬가쿠인 대학 문학부에 입학했지만, 사업에 실패한 아버지가 가족에게 생활비를 한푼도 보태주지 않아 도로공사, 바텐더, 웨이터, 호텔 보이, 도매시장 등등 갖가지 아르바이트를 전전해야 했다. 아버지는 본디 아들에 대한 사랑이 지극하여 교육에 남다른 열성을 쏟았던 사람이지만, 만년에는 젊은 첩의 집에 틀어박혀 지내다가 뇌경색으로 쓰러져 그 후유증으로 반신불수에 정신이상 증세를 보이던 중 결국에는 정신병원에서 사망하고 말았다. 테루는 아버지의 사후에 막대한 빚 때문에 채권자들을 피해서 어머니와 함께 주거를 전전하며 도피생활을 해야 했고, 자포자기한 테루는 대학생 신분임에도 불구하고 강의에 출석하지 않고 술과 도박으로 나날을 보냈다.

1970년 출석일수와 학점 부족 탓으로 추가시험을 치러서 간신히 대학을 졸업한 테루는 산케이 광고사 기획제작부의 카피라이터로 근무하면서 이번에는 경마에 빠져들어 사채에 손을 대는 등 파탄 직전에 몰리기도 했다.

1972년 스물다섯의 나이에 오야마 다에코와 결혼한 테루는 갑자기 중증의 신경불안 증세로 발작을 일으켜 죽음의 공포에 빠져 지내게 된다. 결혼 이 년 후 장남이 태어난 무렵부터 창작에 관심을 보여 『문학계』 신인상에 응모하지만 2차 예선에서 낙선한 일도 있었다.

1975년 근무중에 엄습하는 신경불안 증세 탓으로 결국 산케이 광고사를 사직하고 자택에서 본격적으로 소설 집필에 열중하게 된다. 그 이듬해에 건설업 계통의 회사에 재취직하기도 했지만 이 개월 만에 퇴사, 당시에 쓴 「배집」의 제목을 '흙탕물 강'으로 바꾸어 다자이 오사무 상에 응모한 것이다.

그리고 결국 1977년 서른 살의 나이에 「흙탕물 강」으로 제13회 다자이 오사무 상을 거머쥔 미야모토 테루는, 이듬해인 1978년에 「반딧불 강」으로 제78회 아쿠타가와 상을 수상하면서 단숨에 인기작가로서 승승장구하게 된다. 하지만 젊은 시절의 방탕 탓인지, 도호쿠 지방을 여행하던 중 각혈, 병원에서 폐결핵 진단을 받고 가루이자와에 별장을 빌려 매년 여름이면 그곳에서 집필활동을 하게 되었다.

또한 1987년 마흔의 나이에 『준마』로 요시카와 에이지 상을 수상했는데, 역대 최연소 수상이었다는 점에서 기억해둘

만한 일이라 하겠다.

이후로도 미야모토 테루는 베스트셀러를 잇달아 내놓아 인기작가로서 일본문단에 확고한 기반을 다지는 한편 그의 작품이 영화로서도 각광을 받게 되는데, 그 시초는 1981년 「흙탕물 강」이 오구리 고헤이 감독에 의해서 영화화되어 모스크바 국제영화제 은상을 수상하면서부터이다. 그 이후로 「도톤보리 강」(1982), 「반딧불 강」(1987), 『준마』(1988), 『꿈 꾸는 거리의 사람들』(1989), 『꽃이 내리는 오후』(1989), 『유전의 바다』(1990), 『환상의 빛』(1995), 『우리가 좋아했던 것』(1997) 등 수많은 작품이 영화화되어 미야모토 테루의 시들지 않는 인기를 실감케 했다.

특히 1993년에는 『혜성은 사랑처럼』(원제목은 '혜성 이야기')이 한국어로 번역된 것을 계기로 한국을 방문하기도 했으며, 1995년에는 한신대지진으로 자택이 전파되는 불운을 겪기도 했고, 수차례에 걸쳐서 세계 각국을 취재하러 여행하는 한편, 현재는 작가로서는 물론이고 아쿠타가와 상을 비롯한 각종 문학상의 심사위원으로서도 정력적인 활동을 펼치고 있다.

이번에 번역 소개되는 「흙탕물 강」과 「반딧불 강」은 미야모토 테루의 출세작이자 대표작으로, 두 작품은 상당히 유사한 구성과 색채를 지니고 있다. 일종의 어른들을 위한 동화라고나 할까. '어른들이 즐겨 읽는 동화'로서는 농촌지도자 겸 종교사상가이자 『은하철도의 밤』으로 유명한 미야자와 겐지의 작품들이 널리 알려져 있지만, 테루는 겐지와는 전혀 다른 세계를 지닌 작가이다. 불교적 사상을 바탕으로 넓은 우주와 환상의 세계를 자유로이 드나들며 다양한 동화와 시를 만들어낸 겐지와는 달리 테루는 생활 속에서 겪은 개인적 경험을 토대로 섬세하고 서정적이며 소박한 작품만을 고집해온 작가이다.

「흙탕물 강」은 초등학교 이학년인 여덟 살의 노부오를 주인공으로 하여 그 애절한 우정과 좌절, 그리고 그 아이의 눈에 비친 어른들의 세계를 담백한 필치로 그려낸 것이 마치 황순원의 「소나기」를 연상케 한다.

「반딧불 강」은 성장기의 절정에 있는 열네 살의 중학생을 주인공으로 주변환경의 변화와 내적 성장에 따라 미묘하게 동요하는 사춘기 소년의 심리를 감상에 치우치지 않고 담담한 문장으로 묘사한 것이 역시 미야모토 테루만이 지니는 소박하면서도 깊이 있는 매력을 유감 없이 발휘한 작품이라고 하겠다.

이 두 작품에 「도톤보리 강」을 합해서 '강 3부작'이라고 칭한다. 이 작품들은 관서 지방의 사투리를 능숙하게 구사하여 소박하고 서민적으로 꾸며놓았지만 자연주의 문학에서 흔히 볼 수 있는 투박함은 결코 느껴지지 않기에 현대의 젊은 층에게 친근감을 주고 있는 듯하다.

미야모토 테루의 작품은 소박하지만 그 인기는 대단하다.

이번의 「흙탕물 강」과 「반딧불 강」의 번역을 통해서 미야모토 테루의 문학이 지니는 개성과 매력이 뒤늦게나마 우리나라 독자들에게 제대로 전달될 수 있기를 기대해본다.

2006년 4월

허호

지은이 **미야모토 테루**

1947년 고베에서 태어났다. 1977년 「흙탕물 강」으로 다자이 오사무 상을, 1978년 「반딧불 강」으로 아쿠타가와 상을 수상했다. 1987년 『준마』로 요시카와 에이지 상을 역대 최연소로 수상했고, 이후 각종 문예지의 신인상과 미시마 유키오 상의 심사위원을 역임했으며, 현재 아쿠타가와 상 심사위원으로 있다. 대표작으로 『환상의 빛』 『파랑이 진다』 『우리가 좋아했던 것』 등이 있다.

옮긴이 **허호**

한국외국어대학교 일본어과를 마치고, 일본 쓰쿠바 대학 대학원에서 문예언어연구과 석박사 과정 수료 후, 바이코가쿠인 대학 대학원에서 문학박사 학위를 취득했다. 현재 수원대학교 일어일문학과 교수로 재직중이며, 옮긴 책으로 『도쿄 이야기』 『포로기』 『핀치러너 조서』 『고목탄』 『인간 실격』 『금각사』 등이 있다.

문학동네 세계문학
반딧불 강

1판 1쇄 2006년 4월 17일 | 1판 4쇄 2021년 8월 16일

지은이 미야모토 테루 | 옮긴이 허호
책임편집 조연주 이상술 양수현 | 저작권 김지영 이영은
마케팅 정민호 정진아 김혜연 정유선
홍보 김희숙 함유지 김현지 이소정 이미희 박지원
제작 강신은 김동욱 임현식 | 제작처 한영문화사(인쇄) 경일제책사(제본)

펴낸곳 (주)문학동네 | 펴낸이 염현숙
출판등록 1993년 10월 22일 제406-2003-000045호
주소 10881 경기도 파주시 회동길 210
전자우편 editor@munhak.com
대표전화 031) 955-8888 | 팩스 031) 955-8855
문의전화 031) 955-8896(마케팅) 031) 955-2684(편집)
문학동네카페 http://cafe.naver.com/mhdn | 트위터 @munhakdongne
북클럽문학동네 http://bookclubmunhak.com

ISBN 89-546-0129-4 03830

www.munhak.com